蕪村

Buson

揖斐高

笠間書院

『蕪村』——目次

凡例

一、本書には、蕪村の発句五十句（俳詩一首を含む）を載せた。

一、本書は、蕪村俳句の特徴を際立たせる為に六つの柱を立て、各々の代表句を年代順に配列した。

一、本書は、次の項目からなる。「はじめに」「作品本文」「出典」「口語訳」「鑑賞」「脚注」「俳人略伝」「略年譜」「読書案内」。

一、テキスト本文は、主として『蕪村句集』に拠り、それ以外のものは、適切と思われる資料に拠り、適宜漢字をあてて読みやすくした。

一、振り仮名は現代仮名づかいを用いた。

蕪村

はじめに

蕪村の発句の数は、存疑や誤伝の句を除けば二千八百句余りである。その中から代表句を五十句選んで紹介するというのは至難の技であるが、それらをどう配列するかということも難しい問題である。四季・季題別の配列や、句の成立年代順の配列というのも一案としてあるが、蕪村の句には他の作者とは違うどのような特徴があるのかということを、まずは手早く知りたいと思っている読者にとって、そのような配列法は必ずしも親切なものではない。

そこで本書では、蕪村俳句の特徴を示す「Ⅰ　故郷喪失者の自画像」「Ⅱ　重層する時空―嘱目と永遠」「Ⅲ　画家の眼―叙景の構図と色彩」「Ⅳ　文人精神―風雅と隠逸への憧れ」「Ⅴ　想像力の源泉―歴史・芝居・怪異」「Ⅵ　日常と非日常」という六つの柱を立て、柱ごとにその特徴を具えている蕪村の代表句を配して、訳注・鑑賞することにした。もちろん、句の特徴は一つに集約されるものではなく、一句一句を見てゆけば複合的な特徴を示している句も少なくないが、蕪村俳句の特徴を際立たせるために、敢えてこのような配列を試みた。なお、柱ごとに収める句の配列順は尾形仂他編『蕪村全集』第一巻発句篇に拠って、成立年代順（推定も含む）にした。

蕪村には発句以外に俳詩や連句や俳文作品も多数あるが、入門的な小冊という制約から、本書では発句を中心に取り上げた。但し、「春風馬堤曲」は長篇の俳詩であるが、蕪村の生涯とその作品の文学性に関わる根本的な問題をもっともよく表わしている作品として、Ｉの冒頭に取り上げた。

蕪村の発句は複数の俳書に収められるものが多く、俳書によって句形や表記に異同がある。本書では『蕪村句集』（天明四年刊）に収めるものは、『蕪村句集』を出典とし、それ以外のものは、適切と思われる資料を出典とした。漢字の当て方や送り仮名は出典通りにしたが、漢字の振り仮名については、出典にないものも適宜補足し、現代仮名遣いによって付けた。

Ⅰ　故郷喪失者の自画像

蕪村は享保元年（一七一六）に生まれた。紀州和歌山藩主徳川吉宗が江戸幕府の八代将軍に就任し、享保の改革*を始めた年である。出生地は摂津国東成郡毛馬（けま）村（大阪市都島区毛馬町）。異説も伝来するが、蕪村自身は毛馬村を自分の「故園」であると認めている。生家は庄屋を務めるような裕福な農家だったと推測されるが、蕪村の父母がどのような人であったのか、具体的にはまったく分からない。本姓は谷口氏とされるが、蕪村は丹後与謝地方から帰京後の宝暦十年（一七六〇）四十五歳の年に与謝氏に改めている。この頃、蕪村は結婚しているので、改姓は結婚と関わっているのかもしれないが、改姓の理由もはっきりとは分からない。門人几董（きとう）*の「夜半翁終焉記（やはんおうしゅうえんき）草稿」によれば、天明三年（一七八三）十二月二十五日、六十八歳で没した蕪村の臨終の枕元には二人の姉がいたという。二人の姉は、妻ともと娘くのを除けば、蕪村にとってはおそらく数少ない親族ではなかったかと推測されるが、姉たちの年齢や居住地、また蕪村と姉たちとの関係がどのようなものだったのか、

*享保の改革―幕府創立の時代を理想に、綱紀の粛正、質素倹約、貨幣改鋳、産業奨励などが実施され、一応の成果をみた。

*几董―高井几董。京都の人。俳諧を父几圭に学び、のち蕪村門。三世夜半亭を継ぐ。蕪村門の中心的俳人。（一七四一～一七八九）

これもまったく分からない。

蕪村の出生は謎に包まれている。同じ江戸時代の俳諧師として併称されることが多い芭蕉や一茶が、その出生や故郷についての資料を少なからず残しているのとは対照的である。文筆に携わった人間として、その出生や故郷について書き残そうと思えば書き残せたはずである。しかし、蕪村はそうしなかった。むしろ出生や故郷についての具体的な事柄を意識的に秘匿（ひとく）しようとしたかにさえ見える。蕪村に故郷に対する思いがなかったわけではない。むしろ、蕪村の中には望郷の念や郷愁というものが人一倍強く存在し、それらは作品として表現されている。萩原朔太郎*はそうした蕪村作品の特徴を捉えて、蕪村を「郷愁の詩人」（『郷愁の詩人与謝蕪村』）と称した。蕪村自身によって語られることはなかったが、何らかの理由によって故郷から切り離され、あるいは自ら故郷との絶縁を選択し、蕪村は故郷喪失者としての生涯をおくった。そのような蕪村において、熾烈（しれつ）な望郷の念というものは、虚構の中でしか表現できないものだったのかもしれない。

蕪村の懐旧・望郷の念は、晩年の六十二歳安永六年（一七六六）に至ってなぜか昂進（こうしん）した。その年二月に出版された春興帖（しゅんきょうじょう）『夜半楽（やはんらく）』に収められる俳

＊萩原朔太郎――「月に吠える」「青猫」の第二詩集を出版して口語自由詩による近代象徴詩を完成、以後の詩壇に大きな影響を与えた。（一八八六～一九四二）

詩「春風馬堤曲」は、そうした故郷喪失者蕪村の望郷の実情が創作動機になった作品である。原文では漢詩体・漢文体で記されている部分を書き下しに改めて、以下にその全文紹介する。下段には、その現代語訳を記した。なお、もともと十八首連作の形をとっている原文には、一首ごとの冒頭に○印が付されているが、それが何首めにあたるかが一目で分かるよう、便宜上○の中に数字を入れたものに置き換えて表示する。

01　春風馬堤曲

余、一日、耆老を故園に問ふ。澱水を渡り、馬堤を過ぐ。偶女の郷に帰省する者に逢ふ。先後して行くこと数里、相顧みて語る。容

【出典】『夜半楽』

私はある日、老人を故里に訪ねようと、淀川を渡り、毛馬堤を歩いていた。その時たまたま里帰りをする娘に出会った。前になったり後になったりして、しばらくの距離歩いていたが、姿嬋娟（せんけん）として、癡情（ちじょう）憐れむ可し。因つて歌曲十八首を製し、女に代つて意を述ぶ。題して春風馬堤曲と曰ふ。

春風馬堤曲　十八首

①やぶ入（いり）や浪花（なにわ）を出（いで）て長柄川（ながらがわ）

②春風（はるかぜ）や堤長（つつみなご）うして家遠（いえとお）し

③堤（つつみ）より下（お）りて芳草（ほうそう）を摘（つ）むに
荊（けい）と棘（きょく）と路（みち）を塞（ふさ）ぐ

やがて振り返って言葉を交わすようになった。娘の容姿はあでやかで、男をひきつける色っぽさがあった。そこで歌曲十八首を作り、娘に代ってその心中の思いを述べた。題して「春風馬堤曲」という。

藪入り（やぶい）の休暇になりましたので、奉公先のある大坂の町を出て、長柄川にさしかかりました。暖かな春風が吹き渡り、川に沿った堤は長く続き、我が家まではまだ遠いのです。堤を下りて香草を摘もうとすると、茨（いばら）が茂っていて、路を塞いでいます。茨って何て嫉妬深い

荊棘何ぞ妬情なる
裙を裂き且つ股を傷つく

④渓流石点々
石を踏んで香芹を撮る
多謝す水上の石
儂をして裙を沾さざら教むるを

⑤一軒の茶見世の柳老にけり

⑥茶見世の老婆子儂を見て慇懃に
無恙を賀し且儂が春衣を美む

んでしょう。香草を摘もうとする私の着物の裾を破り、おまけに股まで傷つけるなんて。

堤の下の細い流れには石が点々とあり、その石を踏んで香りのよい芹を摘み取りました。ありがとう、水辺の石。おかげで私は着物の裾を濡らさずにすみました。

堤の上の一軒の茶店の傍らに生えている柳は、すっかり老木になっていました。

茶店のお婆さんは私を見て懇ろに無事を祝ってくれ、おまけに正月の晴着まで褒めてくれました。

⑦店中二客（てんちゅうにきゃく）有（あ）り
能（よ）く江南（こうなん）の語（ご）を解（かい）す
酒銭三緡（しゅせんさんびん）を擲（なげう）ち
我（われ）を迎（むか）へ榻（とう）を譲（ゆず）つて去（さ）る

⑧古駅三両（こえきさんりょう）家（け）猫（びょう）児（じ）妻（つま）を呼（よぶ）妻来（つまきた）らず

⑨雛（ひな）を呼（よ）ぶ籬外（りがい）の鶏（とり）
籬外草地（りがいくさち）に満（み）つ
雛飛（ひなと）びて籬（かき）を越（こ）えんと欲（ほっ）するも
籬高（かきたか）くして堕（お）つること三四（さんし）

茶店には先客が二人いて、大坂の南の廓言葉（くるわことば）を話していましたが、酒代を三緡（みさし）投げ出すように置くと、私を茶店に招き入れるかのように、床几（しょうぎ）を譲って立ち去って行きました。

古い村落に二、三軒の家があり、家陰（やかげ）で雄猫が雌猫を呼んで鳴いていますが、雌猫は姿を見せません。

垣根の外では親鶏が内にいる雛を呼んでいます。垣根の外は草が一面に生えているのです。雛は垣根を飛び越えようとしますが、垣根が高くて雛は三度も四度も落ち、垣根を越えられません。

⑩春艸路三叉中(しゅんそうみちさんさなか)に捷径(しょうけい)あり我(われ)を
迎(むか)ふ

⑪たんぽぽ花咲(はなさけ)り三々五々五々(さんさんごごごご)は
黄(き)に三々(さんさん)は白(しろ)し記得(きとく)す去年此路(いにしとしこのみち)
よりす

⑫憐(あわれ)みとる蒲公茎短(たんぽぽくきみじこう)して乳(ちち)を 浥(あませり)

⑬むかしむかししきりにおもふ慈(じ)
母(ぼ)の恩慈母(おんじぼ)の懐袍別(かいほうべつ)に春(はる)あり

春草のなかを歩いて行くと、道が三つに分かれています。そのうちの一つは近道で、それがまるで私を迎えてくれているかのようです。

たんぽぽが三々五々、ある群は黄色い、ある群(むれ)は白い花を、思い思いに咲かせています。覚えています、昔、この道を通って大坂に出たのでした。

愛(いと)おしくなって、たんぽぽを折り取りました。折り取った短い茎から、みるみる白い乳が溢れ出ます。

遠く過ぎ去った日々、慈愛深く育ててくれた母の恩がしきりに思われます。慈愛に満ちた母の懐(ふところ)には、季節の春とは違う別の暖かな春があ

⑭ 春(はる)あり成長(せいちょう)して浪花(なにわ)にあり
梅(うめ)は白(しろ)し浪花(ろうか)橋(きょう) 辺(へん)財主(ざいしゅ)の家(いえ)
春情(しゅんじょう)まなび得(え)たり浪花風流(なにわぶり)

⑮ 郷(きょう)を辞(じ)し弟(おとうと)に負(そむ)く身(み)三(さん) 春(しゅん)
本(もと)をわすれ末(すえ)を取(とる)接木(つぎき)の梅(うめ)

⑯ 故郷(こきょう) 春(はる)深(ふか)し行々(ゆきゆき)て又行々(またゆきゆく)
楊柳(ようりゅう) 長(ちょう)堤(てい)道(みち)漸(よう)くくだれり

りました。

春のような暖かさに包まれて私は成長し、今は大坂暮らし。私の奉公先は白い梅の咲く、難波(なにわ)橋(ばし)あたりのお金持ちの家。娘ごころから私は大坂の都会風俗をすっかり身につけました。

故郷を去り、弟を見捨てて家を出たこの身にも、三度目の春がやって来ました。今の私は、生み育ててくれた親木(おやき)を忘れ、どんな花を咲かせようかと末の枝にばかり気を取られている、まるで接木(つぎき)の梅のよう。

爛漫たる春景色のなか、故郷へ向かってひたすら歩いて行くと、柳が生えている長い堤の道もようやく下り坂になりました。

⑰ 矯首(きょうしゅ)はじめて見(み)る故園(こえん)の家黄(いえこう)
昏戸(こんと)に倚(よ)る白髪(はくはつ)の人(ひと)弟(おとうと)を抱(いだ)き
我(われ)を待春又春(まつはるまたはる)

⑱ 君不見古人太祇(きみみずやこじんたいぎ)が句(く)
藪入(やぶいり)の寝(ね)るやひとりの親(おや)の側(そば)

この作品は俳句体・漢詩体・漢詩訓読体が混在する、十八首からなる俳詩と呼ばれるものであるが、詩題に付されるやや長めの引(*いん)において、蕪村はこの俳詩の成立事情を次のようにいう。故郷への帰省の途中、長柄川（淀川）沿いの毛馬堤の上で、藪入りの休暇を利用して親元に帰る若い娘とたまたま

頭を持ちあげると、はじめて故郷の我が家が黄昏(たそがれ)のなかに見えてきました。戸口には白髪の母が弟を抱いて待っています。母はこの春の日々、私の帰りを今日か明日かと待っていたのです。

読者のみなさんは見たことがありませんか、今は亡き太祇の、「藪入りの休暇で親許に帰省した子どもが、片親である母のそばで、安らかな寝顔を見せて眠っているよ」という句を。

＊引—詩文において本文を導き出すための短い序文。

出会い、言葉を交わしたことがあった。最近経験したそうした出来事を踏まえて、その愛らしい娘に成り代わって作ったのが、この作品であると。

しかし、実はこの作品は、そうした蕪村の実体験を再現した作品ではなかった。この作品が発表されて間もない、安永六年二月二十六日付けの伏見の門人柳女（りゅうじょ）・賀瑞（がずい）親子宛ての書簡のなかで、蕪村はこの作品の創作事情を次のように説明している。蕪村は毛馬*が自分の「故園」であると明かし、幼少の頃には友だちとその毛馬堤の上でよく遊んだという。そして、その堤の上では、大坂に奉公してすっかり都会の流行風俗に馴染んだ若い女が親元に帰省する姿を見かけるようなことがあったと回想し、「浪花を出てより親里迄（まで）の道行（みちゆき）にて、引道具（ひきどうぐ）の狂言、座元夜半亭（ざもとやはんてい）と御笑ひ下さる可く候。実は愚老懐旧のやるかたなきよりうめき出たる実情に候」と記している。

つまり、この俳詩は作者蕪村が座元（芝居の興行主）となり、引道具（移動式大道具）を設けて紙の上で上演して見せたいわば芝居仕立ての道行であって、実体験をそのまま再現したものではなく、幼少時の記憶をもとにした虚構の作品だというのである。そして、注目すべきは、その虚構を支えた創作動機（モチーフ）は、六十二歳の老蕪村の「懐旧のやるかたなきよりうめき出たる実

* 毛馬（けま）――大阪市北部、都島区の淀川と新淀川の分流点の東側の地域。蕪村生誕の地。

情」だということである。

蕪村の懐旧の情の一つは、右の書簡にも記されるように、幼少時の記憶として蕪村の脳裏に焼きついていた故郷毛馬の風景への懐かしさであったが、それ以上に蕪村を「やるかたなき」思いに駆り立てたのは、母に対する思慕の情であったことは、この作品中に母のイメージが繰り返し登場していることによって明らかである。直接「慈母」という表現が用いられるだけでなく、雛を呼ぶ親鶏、乳を溢れさせるたんぽぽなど、慈母を喚起する隠喩が効果的に用いられている。

こうした「懐旧のやるかたなきよりうめき出たる実情」を、蕪村は虚構の作品として若い女に仮託して表現し、俳詩に仕立て上げた。この作品のこうした趣向は必ずしも蕪村の独創ではなく、ある漢詩作品からの影響が想定される。それは蕪村がかつて講釈を聴いたことがあるという漢詩人*服部南郭（はっとりなんかく）の師である*荻生徂徠（おぎゅうそらい）の『絶句解（ぜっくかい）』（享保十七年刊）に収められている、中国明代の古文辞派（こぶんじは）の詩人*徐禎卿（じょていけい）の「江南楽（こうなんらく）八首　内に代りて作る」と題する五言絶句八首の連作詩からの影響である。

「江南楽八首」は、江南地方に生長した女が、結婚して江北地方に住むよ

*服部南郭―江戸中期の漢詩人。京都の商家の生まれ。一四歳で江戸へ下り、歌と画をもって柳沢吉保に仕えた。荻生徂徠門下で、経学派の太宰春台とともに、詩文派の代表として双璧をなす。（一六八三～一七五九）

うになったものの、その生活になじめず、江南にいる母や姉妹を思慕し、桃李の花や野鳧（のがも）の雛や橘など江南の風物に思いを馳せて、望郷の念に耽るという内容の作品である。これには「生長して江南に在り」、「阿母は児が帰るを見れば、定めて自ら儂（われ）を持して泣かん」、「野鳧雛を生ずる時」、「江南道里長し」など、「春風馬堤曲」中の表現と共通する詩句が少なからず見られるだけでなく、妻の望郷の念を妻になりかわって夫が詠むという仮託の形式が取られているという点も「春風馬堤曲」と共通しており、蕪村が「春風馬堤曲十八首」を構想するにあたって、この「江南楽八首」を意識していたことは間違いないであろう。

しかし、「春風馬堤曲」を虚構の作品として読み解こうとした時に気付かされるのは、幾つかの箇所における虚構の設定の破綻である。例えば、⑮の「郷を辞し弟に負く身三春」という表現からすれば、この娘は故郷を出て三年ぶりか一年ぶり（「三春」が三度の春の意とすれば三年ぶり、春三ヶ月の意とすれば一年ぶり）に帰省していることになる。いずれにしろ大坂に奉公に出てそれほど年数は経っておらず、娘の推定年齢はおおよそ十代の半ば過ぎということになろう。ところが⑬には「むかしむかししきりにおもふ慈母（じぼ）

*荻生徂徠―江戸中期の儒学者。柳沢吉保に仕え、初め朱子学を学び、のち古文辞学を唱道。門下に服部南郭、太宰春台ら。（一六六六～一七二八）

*徐禎卿―中国、明代中期の詩人。蘇州の人。早くから祝允明らと「呉中四才子」と称され、のち北京で李夢陽、何景明らと交わって「三雄」と呼ばれ、「前七子」の一人に数えられる。（一四七九～一五一一）

の恩」とある。この「むかしむかししきりにおもふ」という表現は、親元を去ってそれほど年数が経っていない十代半ば過ぎの娘が、存命の母に対して抱く感慨としては不自然ではあるまいか。この娘にとって母の存在は「むかしむかし」というほど追憶の彼方のものではないはずである。

もう一例あげる。⑰によれば、故郷に帰り着いた娘を戸口に倚りかかりながら待っていたのは、白髪の母とその母に抱きかかえられた弟であった。抱きかかえられた弟というのは、弟が幼年であることを意味している。十代半ば過ぎの娘と幼年の弟を持つ母親の推定年齢は、当時としては常識的には三十代半ば過ぎというところであろう。ところが、その母は「白髪の人」であった。三十代半ばでも白髪の女性はいるかもしれないが、虚構の作品の女性の容貌としては不釣合いと言わざるを得ない。

細かく見ればまだほかにも指摘できるが、少なくともこの二例は、この作品の虚構の枠組と照らし合わせて見た場合、明らかに不自然さが感じられる箇所である。こうした不自然さを作品が抱え込んでいる理由は何だったのであろうか。その理由については、次のような推測ができるのではあるまいか。これらの箇所はいずれも、この虚構の作品の主人公である故郷へ帰省する娘の感慨や状況を叙しているかのようでありながら、実はそこからは逸脱しており、六十二歳の作者蕪村自身の遠い過去に遡る懐旧の情が、虚構の枠組を越えた形でむき出しに現われてしまった部分ではないかということである。慈母の恩を「むかしむかししきりにおもふ」のは、十代半ば過ぎの娘ではなく六十歳を越えた老蕪村であり、帰りを待って戸口に倚っている「白髪の人」は、この虚構の作品の主人公である娘の母ではなく、いつしか「懐旧」のなかにイメージされている老蕪村自身の亡母の姿に入れ替っているのである。

　それでは、なぜそのような入れ替りが起ってしまったのであろうか。この問題を考える手がかりもまた、実はこの作品の表現のなかに存在している。この作品のなかには、虚構の道行の主人公である娘の自称の代名詞が、次の六箇所に見られる。④「儂をして裙を沾さざら教むるを」、⑥「茶見世の老婆子儂を見て慇懃に／無恙を賀し且儂が春衣を美む」、⑦「我を迎へ榻を譲つて去る」、⑩「春艸路三叉中に捷径あり我を／迎ふ」、⑰「戸に倚る白髪の人弟を抱き／我を待春又春」である。

　前半三例の自称が「儂（われ）」と表記されているのに対し、後半三例では「我（われ）」に替っている。「儂」という自称は、歌謡的な漢詩においては女性の自称として使用されることが多く、「春風馬堤曲」との影響関係が想定される「江南楽八首」においても、主人公である人妻の自称として「儂」は二箇所で使われている。詩題に「曲」と名づけたように、歌謡的な作品として作詩された「春風馬堤曲」の女主人公の自称に「儂」を用いたのは、おそらく「江南楽八首」における女性の自称の表記が蕪村の念頭にあったからであろう。

しかし、その主人公の自称の表記「儂」は、なぜ途中から「我」に入れ替ったのか。ちなみに、蕪村の俳句作品において自称の「われ」の漢字表記はすべて「我」である。この「儂」から「我」への転換は、おそらくこの作品の虚構の枠組の破綻と連動している。蕪村は当初「座元」として、虚構の若い女に仮託して自らの「懐旧」の実情を表現しようとしていた。しかし、「懐旧」の実情が昂進するにつれて、いつしか自らが設定した虚構の枠組から逸脱して、蕪村は素顔の「我」として「懐旧」の実情を吐露し始めてしまったのである。まさに、「春風馬堤曲を作る蕪村は他人の藪入りを歌ふのでなく、いつも彼自身の『心の藪入り』を歌つて居るのだ」（萩原朔太郎『郷愁の詩人与謝蕪村』）ということである。もちろん、それは初めから意図したものではなく、創作過程で起った作者蕪村の内部意識の無意識的な変化によるものだった。先ほど指摘した十代半ば過ぎの若い女が母の恩をなぜ「むかしむかししきりにおもふ」のか、その若い女の母親がなぜ「白髪の人」と表現されているのかという理由と同じ、作者蕪村の「懐旧のやるかたなきよりうめき出たる実情」こそが招来した、虚構の枠組の破綻にほかならないのである。そして、読者である私たちは、自ら設定した虚構の枠組さえ破綻させてしまった蕪村の「懐旧」の実情の熾烈さに心を揺さぶられるのである。

おそらく少年期に故郷毛馬村を離れた蕪村は、青年期には江戸をはじめ関東一円で長期の放浪生活を送った。その後三十六歳の宝暦元年（一七五一）に京都に戻り、以後は六十八歳の天明三年（一七八三）に没するまでの間、丹後や讃岐への長期の遊歴のほかは京都を中心に生活したが、京都からほど近い故郷毛馬村には一度も帰省した気配がない。しかし、作品においては、蕪村は望郷の念や郷愁を倦むことなく甘美に歌い上げてきた。この俳詩「春風馬堤曲」は、そうした故郷喪失者蕪村の仮託の自画像として読むことのできる作品になっているのである。

02 これきりに小道（こみち）つきたり芹（せり）の中

野中の小道を歩いてきたが、芹が一面に生えている水辺までやって来ると、そこで小道は途切れてしまった。

【出典】『蕪村句集』

郊外散策の時に偶然出会った情景を詠んだ叙景句のように思われるが、おそらく単なる叙景句ではない。「春風馬堤曲」の③に「堤より下りて芳草を摘むに／荊と棘と路を塞ぐ」とあり、⑩に「春艸路三叉中に捷径あり我を／迎ふ」とあった。堤下の水辺の芳草（芹）や春草に埋もれた小道は、幼少時に故郷毛馬の堤上で遊んだという蕪村の原風景を構成する景物にほかならない。そうした故郷の原風景を蕪村は「つきたり」と詠んでいるのである。帰りたくても帰れない故郷という、蕪村の郷愁がこの句にも投影されている。尾形仂『蕪村の世界』は、この句とともに「路絶て香にせまり咲茨かな」「さみだれに見えずなりぬる径哉」という句を掲げて、「自分のたどってきた道が、草に埋もれ水に隔てられて、いつも故郷の家に帰り着く望みを裏切ることを思い知らされたきた」という蕪村の心情を読み取っている。蕪村には、「我帰る路いく筋ぞ春の艸」という句もあるが、これもまた蕪村の郷愁を源泉とする句であった。季語は「芹」で、春。

03

花いばら故郷の路に似たるかな

かの東皐にのぼれば

【出典】『蕪村句集』

「帰去来辞」に見える、陶淵明の故郷のあの東皐を思わせるような水辺の小高い場所に登ってみると、可憐な白い花茨が一面に咲いていた。故郷毛馬への路と何とよく似ていることか。

「東皐」は陶淵明*の「帰去来辞」に、「東皐に登りて以て舒に嘯き、清流に臨みて詩を賦さん」という、陶淵明の故郷にあった水辺の小高い場所。「花

*陶淵明―中国、東晋・宋の詩人。束縛を嫌って彭沢県令を最後に「帰去来辞」を

いばら」は季語で、夏。初夏に白い小さな花をたくさん咲かせ、芳香を放つ野茨。陶淵明は「帰去来兮（かえりなんいざ）」（さあ、帰ろうではないか）と潔く帰郷したが、蕪村は望郷の思いを抱きながらも、故郷には帰らなかった。そのような蕪村の故郷毛馬への郷愁が、可憐で香しい花茨に託されている。安永六年五月と推定される*几董（きとう）宛ての書簡で、蕪村はこの句について、連句の発句として用いるには「たけ高くひろ〴〵として然る可く候」と自賛している。なお、この句を詠んだのと同じ安永三年に、蕪村は「愁ひつゝ岡にのぼれば花いばら」という類想の句を詠んでいる。

賦して辞任し、故郷に帰って、自適の生活を送った。（三六五〜四二七）

*几董――4ページ注参照。

Ⅱ　重層する時空――嘱目と永遠

正岡子規*は明治三十年代に、嘱目*（しょくもく）の対象をありのままに客観的に描く写生説を提唱して、俳句や短歌の革新をはかろうとしたが、その「客観的美」の表現の先例として、子規は蕪村俳句を再発見することになった。子規は『俳人蕪村』（明治三十二年刊）において、「天然美に空間的の者多きは殊に俳句において然（しか）り。けだし俳句は短くして時間を容（い）るる能（あた）はざるなり。故に人事を詠ぜんとする場合にも、なほ人事の特色とすべき時間を写さずして空間を写すは俳句の性質の然らしむるに因る」と記している。

句形の短小な俳句は、「空間」表現に比べて、「時間」表現には向いていないと子規はいう。しかし、蕪村は「時間」表現にも長（た）けた俳句作者であった。蕪村にとって、今現在の嘱目の風景は、それだけが切り離されて孤立的には存在せず、過ぎ去った時間やかつて目にした風景と重層的に捉えられることが少なくなかった。ベルクソン*のいう「自分の現在が絶えず知覚と記憶に二重化しているのを意識する人」（平凡社ライブラリー『精神のエネルギー』

*正岡子規―別号、獺祭書屋主人・竹の里人など。松山生まれ。新聞「日本」・俳誌「ホトトギス」によって写生による新しい俳句を指導。「歌よみに与ふる書」を著して万葉調を重んじ、「根岸短歌会」を興す。（一八六七～一九〇二）

*嘱目―俳諧で、即興的に目に触れたものを吟ずること。

*ベルクソン―フランスの哲学者。概念的把握より直観の優位を主張、生の哲学を唱えた。（一八五九～一九四一）

のなかの「現在の記憶と誤った再認」、原章二訳）であった。つまり、蕪村は既視感の強い人であり、「空間」はおのずから「時間」に接続された。その「空間」に接続された「時間」は、基本的には過去に遡及（そきゅう）する「時間」であったが、途切れることのない時間の流れのなかでは、今現在という一瞬もまた、未来においては過去になるという認識を持つことで、現在を起点にして過去にも未来にも繋がる永遠の「時間」として捉えられることにもなった。このような蕪村俳句の特性を、芳賀徹は「ベルクソン*の哲学とプルースト*の小説を十七文字に縮めてしまったようなもの」（『詩の国詩人の国』）という巧みな比喩で評している。

　アインシュタインはその相対性理論において、時間と空間とは相関しており、時間と空間は質量（エネルギー）によって変容することを発見したという。時間と空間とを接続し重層させた蕪村俳句を生み出す原動力になった質量（エネルギー）とは、「I　故郷喪失者の自画像」で問題にした「郷愁」という心的エネルギーの強さであった。「郷愁」の質量（エネルギー）の大きさが、蕪村においては今現在の嘱目の「空間」を永遠の「時間」へと接続させ、「空間」と「時間」とが重層する俳句表現が生み出されることになったのである。

*プルースト—フランスの小説家。長編小説「失われた時を求めて」は二十世紀の新文学の出発点となった。（一八七一〜一九二二）

04

春の海終日(ひねもす)のたり〳〵かな

【出典】『蕪村句集』

柔らかな陽光を受けて、風のない穏やかな春の海が、まるで無限の時間であるかのように、一日中のたり〳〵とゆるやかなうねりを繰り返している。

「終日」の訓は、ヒネモスのほかに当時の用例からしてヒメモスも考えられるが、一方には決めがたい。語意は、一日中の意であるが、時間の無限的な継続というニュアンスが含まれている。この句は、俳諧集『金花伝』(安永二年刊)には、「須磨の浦にて」という前書を付して収められているので、須磨海岸での嘱目の叙景句ということかもしれない。蕪村の友人で漢詩人でもあった三宅嘯山(しょうざん)*は、『俳諧古選』(宝暦十三年刊)にこの句を採録し、「平淡にして逸」(平易淡白な表現であるが優れている)と評した。「のたり〳〵」という擬態語表現の巧みさもあって、一般にはよく知られているが、俳句専家の評価は分かれている。例えば『蕪村句集講義』において、子規は「果た

*三宅嘯山—京都の人。蕪村・太祇と親しく「平安二十歌仙」吟者の一人。(一七一八〜一八〇一)

*河東碧梧桐—愛媛県生まれ。子規門の高弟、虚子と対立、定型・季語を離れた俳

して善い句であらうか悪い句であらうか」と評価を保留し、*河東碧梧桐と*高浜虚子は「兎に角類の少い句で、珍しい善い句と思ふ」と高く評価したが、碧梧桐自身は後に『蕪村名句評釈』において、観念的な機智の句だとして否定的な評価に転じた。

05

楠の根を静にぬらすしぐれ哉

【出典】『蕪村句集』

初冬の淋しい空から時雨がはらはらと降り始めた。楠の根元は、茂り合った枝葉のためにしばらくは乾いたままだったが、そのうちに音もなくしっとりと濡れてきた。

社寺の境内などに生えている楠の大木であろう。半ば土から露出している幾筋もの太い楠の根が、時雨によって静かに潤いを帯び、濡れ色に変わっていく情景が想像される。句の表現には見られないが、雨に濡れるのにともなっ

句を提唱。（一八七三〜一九三七）
*高浜虚子—俳人・小説家。松山生まれ。子規に師事。「ホトトギス」を主宰。客観写生・花鳥諷詠を主張。（一八七四〜一九五九）

て立ち昇る、楠の強い香りを読み取る解釈（清水孝之『与謝蕪村の鑑賞と批評』）もある。「しぐれ」は、初冬に陰晴定めなく降り過ぎる雨で、冬の季語。「世にふるは苦しきものを槙（まき）の尾（お）に易（やす）くもすぐる初時雨（はつしぐれ）かな」（『新古今集』二条院讃岐）や、「世にふるもさらに時雨のやどりかな」（宗祇）とあるように、伝統的な和歌や連歌の世界では、人生のはかなさや無常の象徴として詠まれてきた。そうした時雨の本意（ほんい）に注目すれば、この句は単なる空間的な叙景句ではなく、人世の無常の時間（時雨）が自然の悠久の時間（楠）の上を掠（かす）めていくという、時間的な暗喩の句として読解することも可能であろう。

06

几巾（いかのぼり）きのふの空の有り所（どころ）

【出典】『蕪村句集』

春の空に今日も凧（たこ）が揚がっている。空に貼り付いているかのように、じっとしたままの凧を眺めていると、凧のまわりの空は今日の空ではなく、過ぎ去った日の空ではないかという気がしてくる。

「几巾（いかのぼり）」は関東では「たこ」（『物類称呼』）といった。春の季語である。「有り所」は、その物が存在する場所。蕪村には「古里や月はむかしのありどころ」という句もある。「きのふの空」の「きのふ」は、今日の一日前を限定的に指しているのではなく、凧揚げに興じた遠い少年の日々につながる、過ぎ去った日々を広く指している。嘱目の風景を、郷愁的な時間へと繋げた作であるが、中村草田男（くさたお）*は『蕪村集』において、「『時間』をその連続性においてとらえた蕪村独特の句の一つである」とし、この句には「瞬間がすなわち永遠である」というような「一種の冥想味」があり、「この句からは懐しさと同時に一種のもの悲しい孤独感のようなもの」が感じられると評している。近代になって蕪村を再発見した正岡子規もまた早く、「蕪村の特色を最も善く現はしてゐる」（『蕪村句集講義』）句であると評価した。

*中村草田男―俳人。ホトトギス同人。人間探求派として知られ、「万緑」を創刊。（一九〇一〜一九八三）

07　懐旧

遅き日のつもりて遠きむかし哉

【出典】『蕪村句集』

暮れなずむ長い春の一日、つれづれのうちに昔のことが思い出される。過去の或る一日も今日のように過ぎ、同じように過ぎ去っていったそのような日々が積もり積もって、今から振り返れば、いつしか遠い昔になってしまったのだ。

「遅き日」は、暮れるのが遅い春の日で、春の季語。過去の一日一日はその時の今日であったということ、そして今日という日もその過去の日々と同じ繰り返しの一日だということ、この昔と今についての二通りの相関的な把握が、「つもりて遠きむかし」という表現に渾成凝縮されている。さらに言えば、それは未来の私が経験するであろう「遅き日」には、今日という日もまた「遠きむかし」に感じられるようになるのだという、予感の表現にもなっている。「遅き日」という今を中心に、過去と未来に無限につながる時間を、その流れのままに表現した蕪村の手際は、まことに鮮やかである。『郷愁の詩人与謝蕪村』の「春の部」の巻頭にこの句を据えた萩原朔太郎[*]は、「この句の詠嘆してゐるものは、時間の遠い彼岸（ひがん）に於（お）ける、心の故郷に対する追懐であり、春の長閑（のどか）な日和（ひより）の中で、夢見心地に聴く子守唄の思ひ出である」と

＊萩原朔太郎――5ページ注参照。

して、この句にも「郷愁」の主題を見出し、「特に彼の代表作」と高く評価した。

08 はるさめや暮なんとしてけふも有

【出典】『蕪村句集』

しとしとと止むことなく春雨が降り続き、もう日も暮れようとしている。昨日という日も有り、一昨日という日も有ったのだが、こうして今日という日も有るのだということがしみじみと思われる。

この句については、『蕪村句集講義』において内藤鳴雪*が、「暮なんとしてけふも有」は「けふも暮れなんとしてあり」の倒置*表現だと指摘して以来、これが定説になってきた。しかし、尾形仂は『蕪村の世界』においてこの定説に異を唱え、「けふも有」とは「自分は今日もこうして暮らしている」の

*内藤鳴雪―江戸松山藩に生まれる。子規に師事し、日本派の長老として当時を代表した。（一八四七～一九二六）

*倒置―順序を逆にすること。

意ではないかという解釈を提示した。「けふも暮れなんとしてあり」と「暮(くれ)なんとしてけふも有(あり)」とでは、表現の力点が違ってくるというのである。この倒置表現ではないという尾形説に賛同しつつ、しかし、尾形説のように「けふも有」というのは「自分は今日もこうして暮らしている」ということではなく、「今日という日も有る」というように解するべきではないかと思う。「有」の主語を作者である私とするのではなく、「有」の主語を「けふ」という時間に解するということである。天明二年二月七日付けの士朗宛て書簡に、蕪村はこの句を記して、「『今日も有』の字、下得(くだしえ)たりと存候」と自賛している。「けふも有」の五文字は蕪村にとって、苦心の末に辿り着いた表現だったのである。

蕪村にとって俳諧は生活の手段ではなかった。画家としての仕事が蕪村の生活を支えており、俳諧はその余技の楽しみだった。安永六・七年頃十一月二十七日付けの門人正名宛て書簡に、「此節短日、最早年内余光無レ之、大晦日といふ大敵まのあたりにせめよせ候故、画三昧に入候てホ句（注、発句）も無二御座一候」などとあるように、画の仕事が忙しい時は俳諧とは疎遠にならざるを得なかったのである。経済的にも、画業で稼いだ収入の一部を俳諧の遊びに充てるというのが実態だった。

「夜半翁終焉記」に「無下にいはけなきより画を好み」と記されているように、蕪村は幼少時から画の好きな子供だったらしい。そうした蕪村と画との早い時期の関わりを示す資料とされるのが「蕪村三回忌追悼摺物」で、これによれば、十歳頃に蕪村は伊信という人と遊び仲間だったという。この伊信という人物は姓を桃田、後に狩野派の画家として摂津国池田に居住したらしい。

享保年間の末、二十歳頃に蕪村は江戸に赴いた。どのような事情があって江戸に下ったのかは分からないが、その後の蕪村の行跡から推測するに、俳諧を学び、画の修業をすることが目的だったのかもしれない。元文三年刊の俳書『卯月庭訓』に、当時宰町と号していた蕪村の自画賛が収められている。立て膝をして手紙を読む女性の姿が描かれ、「鎌倉　誂　物」の題で「尼寺や十　夜に届く鬢葛」という句が置かれている。この句と画は、蕪村の最初期の作品とされている。

その後、蕪村は江戸を去り、十年近く北関東一帯を流浪することになる。蕪村の流浪生活を支えたのは、下総国結城の砂岡雁宕、同じく早見晋我、常陸国下館の中村風篁、下野国烏山の常盤潭北、下野国宇都宮の佐藤露鳩、下総国関宿の箱島阿誰など、この地の俳諧好きの豪家の主人たちだった。蕪村はこれらの人々の後援を受けながら、俳諧と画業の修練を積んだ。この期の画作は下館の中村家や結城の弘経寺などに残されているが、狩野派風の漢画に学んだ習作的な作品が多い。

蕪村は三十六歳の宝暦元年に関東から上京してしばらくは京都に留まったものの、宝暦四年春から宝暦七年秋まで三年間ほどは丹後国宮津に滞在した。

丹後から再び帰京して以後は、一時讃岐に長期的に遊歴することなどもあったが、基本的には京都を本拠地にして活動することになった。この間、蕪村は画の修業に熱心に取り組み、狩野派風の漢画はもとより、*『芥子園画伝』などをテキストにして学んだ南宗画的な文人山水画、さらには長崎に来航した清の画家*沈南蘋風の濃彩で写実的な花鳥画、また滑稽洒脱な略画である俳画など、さまざまな画風を自分のものにしていった。これだけ多様な画風を相次いで修練し、同時期に描き分けたのは、蕪村が画の依頼者や購入者の意向に添わねばならない職業画家だったからにほかならない。

宝暦十三年（一七六三）から明和三年（一七六六）頃に蕪村の周辺に屏風講と呼ばれる組織ができた。富裕な門人たちが資金を出して蕪村に屏風絵を注文して描かせるというもので、高価な絵絹を用い美しく彩色された屏風絵がこの時期に多作されている。また、蕪村五十三歳の明和五年（一七六八）三月刊の『平安人物志』画家の部には、*円山応挙、*伊藤若冲・池大雅に続いて謝長庚こと与謝蕪村の名前が掲げられている。五十歳頃から蕪村はようやく画家として世間に広く知られるようになったのである。そして、明和八年（一七七一）には、大雅との競作で「十便十宜画冊」（国宝。蕪村は「十宜図」、大雅は

*『芥子園画伝』―初集～四集。清の王概らの編で、山水画の画法書。江戸時代初期に日本にも舶載され、日本の文人山水画に大きな影響を与えた。

*沈南蘋―「ちんなんぴん」とも。中国清代の画家。一七三一年から約二年間、長崎に滞在。写生的花鳥画の技法を伝えた。日本の絵画界全体に及ぼした影響は少なくない。（一六八二～？）

*円山応挙―円山派の祖。丹波の生まれ。初め狩野派を学ぶ。のち、明・清の写生画および西洋画の遠近法を研究。遠近・写実を取り入れた新様式を確立した。（一七三三～一七九五）

*伊藤若冲―京都の人。狩野派・琳派を学び、中国明清

「十便図」）を描いて文人画家としての技倆を示し、その後、晩年には叙情的な水墨画として評価の高い「夜色楼台図（やしょくろうだいず）」（国宝）を描き、また芭蕉の『奥の細道』に挿絵として俳画を配置した、「風流洒落を第一に揮毫」（安永六年九月四日付け季遊宛て蕪村書簡）した「奥の細道図」を何点も制作した。

蕪村は職業的な画家として、生涯にわたって多様な画風を駆使し、さまざまな特色を有する多くの作品を残した。そうした画家としての蕪村の眼は、句の構成や色彩の表現においても生かされている。

画の筆意を加えて、動植物画に独自の画境を開く。とくに鶏の画をよくした。（一七一六？～一八〇〇）

＊池大雅—南画家。京都の人。柳沢棋園・祇園南海に師事。日本風な文人画を大成。（一七二三～一七七六）

09 鴛（おしどり）に美を尽してや冬木立（ふゆこだち）

【出典】『蕪村句集』

池に浮かぶ鴛の美しい羽毛に、造化の神はありたけの色彩を使い尽くしてしまったのだろうか、そのために色を失ったかのように、冬枯れの寂れた木々だけが池を取り囲むようにして立っている。

鴛はオシドリの雄で、雌は鴦である。冬の鴛は特に羽色が美しい。「美を尽してや」は、『論語』八佾（はちいつ）の、「美を尽くせり、又善を尽くせり」という表現を意識するか。宝暦元年十一月の桃彦宛てと推定される蕪村書簡に、「鴛見」の詞書でこの句を収める。当時、京都の鴛見の名所は竜安寺だったことから、竜安寺の景色を詠んだものかとも推定されている。自然の美の演出の巧みさに驚嘆している画家蕪村の姿が想像される。

10 **稲づまや浪もてゆへる秋津（あきつ）しま**

【出典】『自筆句帳』

秋の夜空に稲妻の閃光が奔（はし）る。一瞬の光に浮かび上がるのは、海岸線が波頭で白く縁取りされたような秋津島、実り豊かなわが日本の国土である。

「浪もてゆへる」は、白波で垣根を結っているの意。『新古今集』に、「卯(うの)花(はな)の咲きぬる時は白妙(しろたえ)の波もてゆへる垣根(かきね)とぞ見る」などの例がある。「秋津島」は、日本の国土の古称で、語源は稲のよく熟する国の意ともいう（『和訓栞』）。また「稲妻」は、俗説によれば稲に実りをもたらすとされる（『俚語集覧』）ので、この句の「秋津島」も、単に日本の国土というだけでなく、実り豊かな稲穂が靡く豊穣な日本の国土を讃美する言葉になっている。稲光に照らされた日本の国土を、はるか上空から見下ろすという雄大な、しかしそれは当然のことながら実景ではない、空想的な景観を詠んだ句である。清水孝之『与謝蕪村の鑑賞と批評』は、「山水図屏風の画人蕪村は、ついに国土の上空高く舞い上がって、壮絶の一句を成した。驚嘆に値するがそれは画家としての意想に基づいているであろう」として、この句に画家的な視線を見出している。

11

春雨や小磯の小貝ぬるゝほど

【出典】『蕪村句集』

小さな磯に打ち上げられた小さな貝殻が、しっとりと濡れて艶やかに見えるほどに、春雨がしめやかに降っている。

選び抜かれた一語一語の繊細さと艶やかさの諧調が美しい。萩原朔太郎は、「女の爪のやうに、仄かに濡れて光つてゐる磯辺の小貝が、悩ましくも印象強く感じられる」（『郷愁の詩人与謝蕪村』）と評した。蕪村は、芭蕉の「しぐるるや田のあらかぶの黒む程」という句に触発されて、芭蕉の「時雨」を「春雨」に置き換え、春雨の本意・本情を画家的な鋭敏な視線によって詠み直したのである。芭蕉の「寂」に対する蕪村の「艶」である。音調の上では「小」の頭韻が心地よいが、これも芭蕉の「小萩ちれますほの小貝小盃」が意識されていよう。

12

不二（ふじ）ひとつうづみ残してわかばかな

【出典】『蕪村句集』

初夏の候、山頂に雪を残している日本一の高峰富士山だけを埋め残して、広大な富士の裾野は緑の若葉に覆い尽くされている。

子規が『蕪村句集講義』において、「『うづみ残して』といふのは多少理窟くさい形容で……余程月並（つきなみ）臭いところがある。……兎（と）に角厭味（かくいやみ）のある句である」と否定的に評価して以後、この句は有名な割には低く評価される傾向があった。しかし、この子規の評価は、江戸末期の俳壇に蔓延した月並調の句を否定して俳句革新を進めようとしていた子規の運動論的評価という気味合いもあり、子規自身も『俳人蕪村』の中では、この句を若葉を詠んだ佳句の一つに挙げている。初夏の富士山の大観を、絵画的な構図で捉えた印象鮮明な佳句と評価することができよう。蕪村の自画賛の作品として、この句を賛に用いた「不二図」が残されており、蕪村自身の評価も低くはなかった。類想句に「絶頂の城たのもしき若葉かな」（『蕪村句集』）がある。季語は「わかば」で、夏。

13

牡丹散て打かさなりぬ二三片

【出典】『蕪村句集』

絢爛豪華に咲き誇っていた大輪の牡丹の花がようやく衰えを見せ始め、知らぬ間に二三枚の花びらが散り落ちて地上に重なり合っている。

「散て」の読み方は、「散りて」「散って」の両方が考えられるが、几董宛の蕪村の書簡には「ちりて」と仮名書きしている。後年、蕪村はこの句を発句とした連句を几董と巻いたが、几董はこの句を、「有明の影と又時分を定めて、散た牡丹の上に露などもきらきらとして、有明の影うるはし」（『附合てびき蔓』）という情景と見なして脇句を付けたという。散り落ちたボタンの花びらの上に露がおり、有明の月の光が照らしているという美しい情景として解釈したのである。尾形仂は「牡丹の移ろいの姿に着目したのは、歳時記類の作例で見るかぎり、おそらく蕪村のこの作が最初ではなかろうか。物が全盛を過ぎて衰滅に向かう欠落の姿の中に内なる本質を見ようとするのが〝さび〟の意識だとすれば、これは牡丹の〝さび〟をとらえたもの」(『蕪村の世界』)という。牡丹は濃彩で写実的な画風の南蘋(なんぴん)*派が得意とした画題で、蕪村には「南蘋を牡丹の客や福西寺(ふくさいじ)」という句もあり、標記の句からは南蘋派風の静物画の趣きも感じ取られる。このほか、蕪村には牡丹の存在感に惹かれて詠んだ句が多く、「地車(じぐるま)のとゞろとひゞく牡丹かな」「金屏(きんびょう)のかくやくとして牡丹哉」、「山蟻(やまあり)のあからさま也白牡丹(はくぼたん)」、「方百里雨雲(ほうひゃくりあまぐも)よせぬぼたむ哉」などもある。季語は「牡丹」で、夏。

*南蘋派―長崎に渡来した清の沈南蘋の画風を継承した日本画の一派。沈南蘋、34ページ注参照。

14 夕皃(ゆうがお)の花噛(か)ム猫や余所(よそ)ごゝろ

【出典】『蕪村句集』

夕闇が迫ろうとしている夏の日の薄暮の時、庭に白く咲いている夕顔の花を、噛むともなく噛んでいる猫の醒めたようなよそよそしさ。

「夕皃」は夏の季語。「余所ごゝろ」は、よそよそしい心、冷淡な素振り。芭蕉にも「葉にそむく椿や花のよそ心」という句がある。夕顔といえば、『源氏物語』の夕顔の巻が連想され、恋の趣きを読み取りたくなるが、「猫の恋」は春の季語なので、この句の猫は恋猫ではない。夏の日の夕暮れ時、薄明かりの中に白く浮き上がって見える夕顔の大ぶりな花を噛むという猫の不可思議な姿態に、冷艶な怪しさを見出した句である。近代絵画に描かれた猫が漂わせるようなアンニュイな雰囲気が表現されている。

15

もの焚(たい)て花火に遠きかゝり舟(ぶね)

【出典】『蕪村句集』

夕餉(ゆうげ)の煮炊(にた)きの火であろうか、岸に繋いである小舟から赤い火が漏れ見えている。その背後には夜空の闇が広がっているが、時折、遠くで花火が上がり、一瞬の間、夜の闇を明るくしては消えていく。

「か丶り舟」は、停泊している舟。しかし、沖に投錨するような大きな船ではなく、海岸か川岸かは分からないが、岸辺に舫(もや)っているような小舟と見るべきである。「もの焚て」という表現からは、舟を住いとする水上生活者の貧しい生活が想像される。そうした貧しい生活の火と、豪華だが儚(はかな)い花火とを、遠近対照法によって構図的に捉えた、いかにも画家的な視線の感じられる句になっている。但し、『夏より』によれば、明和六年八月三日の句会で「花火」の題で詠まれた題詠句であって、写生の句ではない。貧しいが、しかし人間味のある生活に対する、蕪村の温かな共感的なまなざしが感じられる。この句と情景としては類似する、「花火見えて湊(みなと)がましき家百戸(いえひゃくこ)」(『蕪村遺稿』)というような句もある。季語は「花火」で、秋。

16

ほとゝぎす平安城を筋違(すじかい)に

【出典】『蕪村句集』

ほととぎすがひと声鋭い鳴き声を残して、碁盤の目のような平安京の上空を斜めに飛び過ぎていった。

「平安城」は、平安京に同じで、京都。碁盤の目のように整然と区画された町並を無視するかのように、斜めに突っ切って飛び過ぎるさまを「筋違(すじかい)」という言葉で表わしたのである。鳴き声の鋭さ、飛行の速度とともに、一直線に飛び去るほととぎすの精悍(せいかん)さが、直線と斜線の交差という絵画的な構図によって巧みに表現されている。「平安城」とわざわざ固い漢語的な表現を用いたのも、「唯(ただ)京都の空では、其の方円長短が一寸(ちょっと)想像に浮かばない。平安城と物体的に云ふと、自然と京都の輪郭が思ひ出される」(『蕪村夢物語』)という木村架空や、「若(も)し『時鳥(ほととぎす)都の空を筋違に』といはば全くの凡句になつてしまふ」(『蕪村句集講義』)という子規の指摘も頷ける。季語は「ほととぎす」で、夏。

なお、蕪村には「日は斜(ななめ)関屋(せきや)の鎗(やり)にとんぼかな」(『蕪村句集』)という、同様の構図意識によって組み立てられた句がある。関所の建物の壁に立てかけてある鋭利な穂先を光らせる鎗に蜻蛉(とんぼ)を配することで、天下太平の景象を表現した句であるが、斜めの夕日と垂直の鎗、水平に羽を広げる蜻蛉という直線の交叉が、いかにも構図的である。

17 山は暮(くれ)て野は黄昏(たそがれ)の薄(すすき)哉(かな)

【出典】『蕪村句集』

遠くの山並みは暮色に包まれてすっかり黒ずんでしまったが、近くの野原にはまだ黄昏れ時の薄明かりが残っており、一面の薄が白い穂を秋風になびかせているのが見える。

またたく間に夜の闇に蔽(おお)われてしまう釣瓶落(つるべおと)しの秋の夕暮れ時の、昼から夜へと変わる一瞬の景色を、遠景と近景の明暗の対比で把握した手腕はいかにも画家的である。「黄昏の薄」という表現にも、秋風の冷たさや秋の寂寥が感じられる。安永二年八月中旬の夜半亭での句会において、「薄」の題で詠まれた題詠である。国木田独歩は『武蔵野』において、武蔵野の秋の夕暮れ時の情景を叙した後に、この句を「名句」として紹介しているが、「山は暮れ野は黄昏の薄かな」いう『俳諧品彙』所収の形になっており、「て」が落ちている。もちろん、「て」のつく字余りの形であってこそ、昼から夜への境界的な時間が効果的に表現されるのである。

18

菜の花や月は東に日は西に

春景

【出典】『蕪村句集』

見渡す限りの菜の花畠。うららかな春の一日がようやく暮れ始めようとする頃、月は東の空に昇り始め、太陽は西に沈もうとしている。

のどかな春景暮色の大観を、単純化を推し進めた絵画的な構図で表現した句である。季語は「菜の花」で、春。蕪村が生まれ育った淀川沿岸一帯は、菜の花が多く栽培される菜種の一大生産地だった。門人几董*は『付合てびき蔓』においてこの句を、「春の長い日のおよそ七ツ時分（午後四時頃）と定め、十日ごろと見て、月も昼のうちにから出てあると見た所が、一面に菜種の花盛りで、ほかに物もなき景色なり」と解釈している。月と日とを東西に配するこの句の構図には、いくつかの典拠が推定されている。まず、柿本人麻呂の「東の野にかぎろひの立つ見えてかへり見すれば月かたぶきぬ」（『万葉集』）が挙げられるが、「かへり見すれば」という作者の視点の移動は、月と日とを一望のもとに収めるこの句の固定的な構図とは一致しない。そういう点では、陶淵明*の「白日西阿に淪み、素月東嶺に出づ、遥遥として万里に輝き、蕩蕩たり空中の景」（「雑詩其二」）や、李白*の「草は緑にして霜は已に白く、日は西にして月は復た東なり」（「古風」その二十八）の方が、この句の構図には近い。また、この句が詠まれた安永三年より少し前に出版された民謡集『山家鳥虫歌』（明和九年刊）に収められる丹後民謡に、「月は東に昴は西に、いとし殿御は真中に」という歌詞がある。丹後は蕪村にとっては

*几董――22ページ注参照。

*陶淵明――21ページ注参照。

*李白――盛唐の詩人。字は太白。詩聖杜甫に対し、詩仙と称せられる。不遇なうちにも酒を愛して豪放に生き、その詩は天衣無縫の神品とされる。（七〇一～七六二）

因縁の土地である。対句的な表現といい、滑らかな音調といい、蕪村がもっとも強く意識していたのは、この丹後民謡だったのかもしれない。

19　さみだれや大河（たいが）を前に家二軒（いえにけん）

【出典】『自筆句帳』

来る日も来る日も降り続く五月雨（さみだれ）。水かさを増して濁流となり、荒れ狂うように流れる大河を前にして、二軒の家が寄り添うようにして立っている。

猛威を振う自然と、それと不安げに向き合う人間の営みという対比を、絵画的な構図によって捉えた句である。この対比的な構図の明確さが、この句を分かり易い句にしており、しばしば蕪村の代表作の一つに挙げられてきた。「家二軒」という措辞も的確で、従来の諸注釈で指摘されてきたように、一軒でもなく三軒でもないというところに、互いに寄り添いつつも孤立の危機に瀕している心細げな状況が巧みに表現されている。季語は「さみだれ」で、夏。蕪村には、「五月雨(さみだれ)や滄海(あおうみ)を衝(つく)濁水(にごりみず)」や「木枯(こが)らしや何に世渡(よわた)る家五軒」という、この句の表現に通じるような作もある。

20

元興寺(がんごじ)の塔(とう)依然たる野分(のわき)かな

【出典】『夜半叟句集』

暴風が猛威を振るった夜が明け、今朝はうって変わって爽やかな青空になった。まわりはすべて吹き荒らされて惨澹(さんたん)たるありさまだが、元興寺の古い五重塔だけは変わることなく、雲ひとつない秋空に聳(そび)え立っている。

「元興寺」は、古都奈良の南都七大寺の一つ。「いにしへは伽藍巍巍(がらんぎぎ)たり。今はおとろへて五重塔に大日如来を安置す。……昔この塔に鬼の棲みける由いひ伝へたり」(『大和名所図会』)、また「残るものとては二十四丈の塔、さては年々生ふるくさむらのみなれば、旅人も泪をながすばかりなり」（『奈良名所八重桜』）などと記されているように、当時、寺は荒廃していたが、わずかに五重塔だけが昔日の俤を残していた。『徒然草』第十九段に、「野分の朝こそおもしろけれ」という一文がある。この句は、秋の大風の吹き荒れた翌朝の「おもしろさ」を、元興寺の五重塔の姿に見出したのであるが、「依然たる」という表現が、はるかな時の流れのなかでも朽ちることなく、自然の猛威にも耐えた、元興寺の五重塔の堂々たる存在感を捉えている。第19句の「さみだれや大河を前に家二軒」が横の画面展開で自然の猛威と対峙するさまを捉えたのに対し、これは縦の画面展開で自然の猛威に耐え抜いたさまを捉えた句になっている。蕪村の時代には建っていた高さ二十四丈（約七十三メートル）のこの塔も、蕪村没後の安政五年（一八五九）に焼失して今はない。「野分」は秋の暴風で、季語。

Ⅳ　文人精神――風雅と隠逸への憧れ

蕪村の門人に、漢詩人でもあった＊黒柳召波（くろやなぎしょうは）という人がいた。その七回忌追善のために召波の句集『春泥句集』が出版されたが、蕪村は安永六年十二月七日の日付で序文を書いた。蕪村は生前の召波と交わした問答を振り返って、次のように記している。俳諧について召波から尋ねられた時、俳諧の要諦は「俗を離れて俗を用ゆ」というところにあり、なかでも俗を離れる「離俗の法」がもっとも難しいが、あなたはもともと漢詩人なのだから、風雅を文学的な価値とする漢詩を語るべきだと答えたというのである。これが蕪村の俳諧論として名高い離俗論である。

この序文の中で、蕪村は文人画の入門的画法書として珍重されていた『芥子園画伝（かいしえんがでん）』から、「多く書を読めば則ち書巻の気上升（じょうしょう）し、市俗の気下降（かこう）す」という一文を引用し、「市俗の気」すなわち世間的な卑俗さを排除し、「書巻の気」すなわち古典的な書物が内包する風雅の精神に近づくことが、俳諧においても重要だと説いた。このような雅と俗とを区別し、俗を排して雅につ

＊黒柳召波―別号、春泥舎。京都の人。服部南郭に漢詩を学び、龍草廬の幽蘭社に属して漢詩人として活躍した。蕪村の三菓社にも加わり、俳諧に精進した。（一七二七～一七七一）

くべきだとする論を雅俗論といい、文人精神を支える価値基準を示すのが、この雅俗論であった。身分制度に縛られた封建社会では、有為な志を抱いていても、志を実現する場を得られない知識人たちが多く生まれたが、彼らは満たされない思いを書画や文学の世界において表現しようとした。江戸時代中期の知識人たちの中から、世俗的な生活を嫌悪し、自己の生活の中に古典的な文雅風流に遊ぶ場を確保しようとする「文人」たちが輩出し、その美的な生活スタイルとでもいうべき文人趣味が流行することになったのである。

　そのような江戸時代中期を代表する文人の一人が、儒者荻生徂徠（おぎゅうそらい）門下の漢詩人服部南郭（はっとりなんかく）であった。召波はもともとこの南郭の門人であったというが、蕪村自身もまた青年期に江戸に滞在していた頃、南郭の漢詩講義を聴講したことがあった。それ以来蕪村は南郭に私淑し、作品や書簡のなかでは「南郭先生」と呼び、蕪村自身、詩作に手を染めたこともあった。例えば丹後滞在中の宝暦六年四月六日、四十一歳の蕪村は在京の友人で漢詩人・俳人でもあった*三宅嘯山に宛てた書簡のなかに、「宅嘯山（たくしょうざん）に寄せて兼ねて平安の諸子に柬（かん）す」と題する自作の七言絶句一首を書きつけている。また、安永五年二月十二日、六十一歳の蕪村は門人几董に宛てた書簡のなかに、「李白を客とし、

*三宅嘯山――25ページ注参照。

*杜子美（杜甫）をさそひて、からうた一章、一作仕候」として無題の七言絶句一首を書き記している。いずれも漢詩としての出来は習作の域を出るものではないが、漢詩に強い関心を抱いていた蕪村ならばこそ、「春風馬堤曲」のなかに漢詩体あるいは漢詩訓読体を挿入することになったのである。

　このように、蕪村の内部には文人精神や文人趣味というものが大きな位置を占めており、俳諧作者としても早い時期から漢文学との関係を模索してきたことは間違いない。蕪村二十九歳の寛保三年（一七四三）の作と推定されている「柳散清水涸れ石処々」という句は、西行の「道のべに清水流るる柳陰しばしとてこそ立ちどまりつれ」（『新古今集』）や芭蕉の「田一枚植て立去る柳かな」（『おくのほそ道』）を踏まえて詠まれているが、句の表現としては*蘇軾の「後赤壁賦」の「山高く月小に、水落ちて石出づ」（『古文真宝後集』）に拠ったものであった。

　以後、蕪村は文人精神や文人趣味の発動の結果として、漢文学の古典を踏まえた数多くの俳句を残した。蕪村没後、追善俳諧集として『から檜葉』が出版されたが、蕪村の友人上田秋成はそれに、「かな書の詩人西せり東風吹て」という句を寄せている。当時は「詩人」と言えば、漢詩人を意味した。秋成

*杜甫―盛唐の詩人。字は子美。号は小陵。40歳を過ぎて仕官。左遷されて官を捨て、二十数年、家族を連れて放浪。国を憂い、民の苦しみを詠じた多数の名詩を残す。詩仙李白に対し、詩聖と称された。（七一二～七七〇）

*蘇軾―北宋の詩人・文学者。号は東坡。父の蘇洵、弟の蘇轍と合わせて三蘇と呼ばれる。書画もよくした。（一〇三六―一一〇一）

は蕪村の俳句は仮名で書かれた漢詩だったと評して、蕪村の死を哀悼したのである。

そのような蕪村俳諧の特徴として、取りあえずは次の二点を挙げることができる。一つは風雅の俳諧化ということである。風雅とはもともとは古代中国の歌謡集である『詩経』*のなかの詩の分類である風（地方の民謡）と雅（宮廷歌謡）を総称する言葉であったが、『詩経』が儒教の経典として遇されたため、目ざすべき理想的な詩の価値（古代性・中正さ・優美さなど）をあらわす文芸概念に昇化された言葉であった。こうした文学的価値を、蕪村は俳句のなかで表現しようと試みた。もう一つは、俗事から逃れて風雅な世界に遊びたいという文人精神がもたらす隠逸（いんいつ）への憧憬である。隠逸願望は蕪村が師と仰いだ服部南郭にも顕著に見られるものであったが、蕪村自身にも性格や出生の問題とも関わってかなり強固なものがあり、隠逸を主題にした俳句が蕪村には少なくない。

＊『詩経』―中国最古の詩集。五経の一。孔子の編と伝えるが未詳。春秋中期までの三一一編を風・雅・頌の三部に大別。現存のものは漢代の人、毛亨が伝えたとされ、「毛詩」ともいう。

21

鮎(あゆ)くれてよらで過行(すぎゆく)夜半(よわ)の門(もん)

【出典】『蕪村句集』

夏の夜更け、鮎釣りの帰りにわざわざ立ち寄って鮎を分けてくれた友に、「ちょっと上がっていかないか」と誘ったところ、友は「もう夜も遅いから」と答えて、そのまま門前から立ち去った。

季語は「鮎」で、夏。「門」はカドとも訓める。鮎の清爽な姿が、淡白ではあるが決して冷やかではない、好ましい友情の象徴としての役割を果たしている。しかし、この句には中国のある有名な故事が踏まえられている。すなわち、晋の王子猷(おうしゆう)は月に照らされた雪景色があまりに美しいので、友人の戴安道(たいあんどう)を訪ねて感興を共にしたくなり、小舟に乗って安道の家の門前まで行ったが、途中で興が尽きたからと言って、安道に会わずに帰ってしまったという故事(『蒙求』*子猷尋戴)である。蕪村は季節を冬から夏に転換し、古代中国の風雅な友情を俳諧化したのである。清水孝之は『与謝蕪村の鑑賞

*『蒙求』―中国の類書。唐の李瀚著。3巻。古代から南北朝時代までの故事を596句の4字句にまとめたもの。平安時代に日本に伝わり、広く読まれた。

と批評』においてこの句を取り上げ、「離俗の理想美を具象化した秀吟」と評した。ちなみに、この句は明和五年（一七六八）六月に催された竹洞亭での句会における題詠であるが、蕪村はこの故事を素材にした「王子猷訪戴安道図」を天明元年（一七八一）に画いている。

22

桃源(とうげん)の路次(ろじ)の細さよ冬ごもり

【出典】『蕪村遺稿』

桃源郷は川の上流の狭い洞穴の奥にあったというが、私の桃源郷ともいうべき我が陋屋(ろうおく)もまた細い路地の奥にある。その路地の細さのおかげで、我が桃源郷に厭わしい俗塵が舞い込むこともなく、快適な冬ごもりの時を過ごすことができるというわけだ。

「桃源」は、陶淵明の「桃花源記」に描かれる別天地。谷に沿い川を遡っていった＊武陵（ぶりょう）の川漁師（かわりょうし）は、やがて桃の林に到り、その奥にある洞穴の向こうに平和な世界（ユートピア）を発見する。それが桃源郷である。この句は明和六年の作かと推定されるが、その前年の明和五年版『平安人物志』では蕪村の住所は「四条烏丸東へ入ル町」、七年後の安永四年版では「仏光寺烏丸西へ入ル町」になっている。いずれにしろ中京（なかぎょう）の繁華な町並の中だが、この頃の蕪村の書簡に「仏光寺通室町東へ入南側ろじ　与謝蕪村」と署名したものがあり、実際に蕪村の住居は路地の奥にあった。その路地の細さが、繁華な市中にあっても俗に染まらない市隠（市中の隠者）の冬ごもりを守ってくれているという発想が、蕪村の隠逸趣味を表わしている。なお尾形仂は『蕪村の世界』において、この句を「『桃花源記』の『初めは極めて狭く、纔（わず）かに人を通ず』を下敷に、桃源境に到達するまでの途中の道の何と狭いことだろう、と嘆じたものにほかならない。一句は、冬ごもりを極め込んでみたものの、世間の俗用が立て混んで、容易に桃源の安楽な気分には浸らせてくれない、というのである」として、「路次の細さ」という表現は、そこに至り難いことを示しているという解釈を下している。私解とは異なる解釈であるが、いずれにしてもこの

＊武陵―中国の漢代に、現在の湖南省北西部地域に置かれた郡名。

句の背後に蕪村の文人的な隠逸願望を見ることは共通する。

23 かなしさや釣(つり)の糸(いと)吹(ふく)あきの風

【出典】『蕪村句集』

広々とした川面に釣糸を垂れていると、身に沁むような秋風が釣糸をしばし撓(たわ)めては吹き過ぎる。秋風の何とものの悲しいことよ。

文人画に「秋江垂釣(しゅうこうすいちょう)」や「寒江独釣(かんこうどくちょう)」という画題があるように、文人画的なイメージによって詠まれた句であって、実景嘱目(しょくもく)の句ではない。したがって秋風にもの悲しさを感じるというのも、宋の欧陽脩(おうようしゅう)の「秋声賦(しゅうせいのふ)」における、「噫嘻(ああ)、悲しい哉(かな)、此れ秋の声なり、胡為(なんす)れぞ来たれる哉(や)」(『古文真宝後集』)が意識されている。几董の『新雑談集(しんぞうたんしゅう)』によれば、蕪村はいったん「かなしさや」を「江渺々(こうびょうびょう)」に改めたが、几董の強い勧めによって元の「かなしさや」

に戻したという。この句の主題が、文人的観念としての秋風の悲しさにあったとすれば、子規が評したように、「江渺々」では「全く客観的の叙景になつてしまつて『悲しさや』の意味が無くなる」（『蕪村句集講義』）のである。

24

秋風(あきかぜ)や酒肆(しゅし)に詩うたふ漁者樵者(ぎょしゃしょうしゃ)

【出典】『蕪村句集』

秋風が吹き渡るなか、山も近い海辺の村の一軒の居酒屋のなかでは、一日の仕事を終えた漁師や木こりたちが酒を酌み交わし、酔心地に身をゆだねながら詩を口ずさんでいる。

「秋風」は、シュウフウとも訓める。「酒肆」は、酒を売る店、居酒屋。「漁者樵者」は、漁師と木こり。いずれも漢詩的な表現で、文人画の世界を彷彿させる文人趣味の句である。文人の描く山水画には、画中の点景としてこうした「漁者樵者」の姿が好んで描かれた。文人蕪村にとって、このような文人画的な風景は何よりも憧れの世界であったが、そうした憧れの文人画の世界を、蕪村は俳句で表現したのである。文人画の世界にのみ存在する「詩うたふ漁者樵者」の傍らに蕪村はそっと佇み、彼らの口ずさむ詩に耳を傾けている。杜牧の詩「江南春（こうなんしゅん）」の「水村山郭酒旗の風（すいそんさんかくしゅきのかぜ）」という詩句や、嵐雪の「はぜ釣るや水村山郭酒旗の風」という句も思い起こされる。

25 冬ごもり壁をこゝろの山に倚（よる）

【出典】『蕪村句集』

寒さを避けて家の中に閉じこもる毎日だが、退屈したりはしない。なぜなら、我が書斎の壁を山に見立て、山中に臥（が）遊（ゆう）する隠者の気分で壁に倚りかかりながら、悠然と冬ごもりを楽しんでいるからだ。

蕪村が私淑した漢詩人服部南郭*に、「斎中の四壁（しへき）に自ら山水を画き戯れに臥遊の歌を作る」（『南郭先生文集』四編巻一）と題する長篇詩がある。南郭はこの詩において、書斎の周囲の壁に水墨の山水画を描き、書斎を自らを容れる大自然と仮構し、その中で横たわったり眠ったりして、ひとり別世界に遊ぶ空想に耽ると詠んでいる。南郭のこの詩は、老病のため故郷に帰り、壁に山水を描いて臥遊（がゆう）*したという南朝宋の宗炳（そうへい）の故事（『宋書』宗炳伝）に拠るものであるが、蕪村は、宗炳から南郭へと受け継がれたこの「臥遊」を俳諧化したのである。離俗に憧れる蕪村の、文人的な隠逸趣味の句と言えよう。

*服部南郭―14ページ注参照。

*臥遊―横になったまま、山水の絵をながめて、その地に遊んだような気持で楽しむこと。

26 居眠（いねむ）りて我にかくれん冬ごもり

【出典】『蕪村句集』

家の中に閉じ込められ、退屈をもてあます冬ごもりの日々は、あれこれと雑念が湧いてきて心が落ち着かない。せめて居眠りのうちに、俗世間的な我執（がしゅう）我欲（がよく）を忘れて、心の安らぎを得たいものだ。

「我にかくれん」という表現が意表を突くが、その意味は、「汚れたる浮世の我を忘れて暫く清浄の境に遊ばんといふ心なるべし。我を客観に見るが故に我にかくれんと言ふ」（『蕪村句集講義』）ということであろう。眠りの中に現実を遮断した自由な隠逸境を見出そうとする老荘的な文人趣味の句である。服部南郭に「寐隠弁（びいんべん）」（『南郭先生文集』四編巻六）と題する漢文作品がある。俗世間から離れて生きることのできない者にとって、寐（睡眠）こそ大いなる隠逸境であり、夢の中では「思ひもなく慮（おもんぱか）りもなく」、鳥とも魚ともなって自由に飛翔したり遊泳したりすることができるではないか、と南郭は「寐隠弁」において主張している。おそらく、この句もまた前掲の第25句と同様に、服部南郭の漢詩文作品の影響下に詠まれた句であろう。

27

桐火桶（きりひおけ）無絃（むげん）の琴（きん）の撫（なで）ごゝろ

【出典】『夜半叟句集』

寒さの厳しい冬の一日、抱え込むようにして桐の火桶を撫でつつ暖を取っていると、絃を張っていない琴を撫でて心中の思いを託したという、あの陶淵明の心持ちになったような気がする。

「桐火桶」は、桐の木の内部をくり抜いた円い火鉢。「無絃の琴」は、絃の張られていない琴。琴は文人たちが好んで奏でた中国古来の七絃琴で、胴は桐で作られた。梁の昭明太子*の「陶靖節伝」に、「淵明音律を解せず、而して無絃琴一張を畜へ、酒の適ふ毎に、すなはち撫弄して以て其の意を寄す」とある。日本的な「桐火桶」の手触りから、同じ桐材ということで「無絃の琴」へ思いを馳せたところに、蕪村の淵明追慕の情が現われている。この句を賛した蕪村筆の陶淵明像に付記した門人松村月渓*（呉春）の一文に、「師翁物故の後、余ひさしく夜半亭にありて机上なる陶靖節の詩集を閲するに、半過ぐるころ此のしをりを得たり。これ全く淵明のひと、なりをしたひてなせる句なるべし」と記されている。蕪村はこの句を書きつけた栞を、愛読書であった淵明の詩集に挿んだまま没したのである。季語は「桐火桶」で、冬。

*昭明太子―蕭統。昭明は諡号。中国、南朝梁の皇太子。当時の代表的文士を招いて、賦・詩・文の名作を集めて「文選」（もんぜん）を編纂した。（五〇一～五三一）

*松村月渓―江戸後期の画家。後年画姓を呉春として、知られる。蕪村門下として俳諧・南画を学び、早くより高い評価を受けていたが、蕪村没後、円山応挙との交流を深め、独自の作風を展開させ、四条派を形成。（一七五二～一八一一）

V　想像力の源泉――歴史・芝居・怪異

私たちはともすれば、眼前の事象を詠む嘱目吟*（しょくもく）や境涯句の方が、句会などでの題詠句*よりも、作者の実感や実情が率直に表現されているとして高く評価しがちである。おそらくその背後には、実感や事実に基づく表現の方に、より高い文学的な価値を認めようとする近代文学的な文学観が存在している。しかし、江戸時代においては、季語（季節感を表わすために句に詠み込まれる言葉）や季題（題詠において作者に課された季節に関する題目）というものを前提にして、その本意（対象とする事物について伝統的に形成されたもっともそれらしい在り方）や本情（対象とする事物が喚起するもっともそれらしい情感）を見定め、それに相応しい具体的な場面を想定し、効果的な表現を探り出して一句を仕立て上げるという題詠の方が、より一般的な句作りの方法であった。

蕪村の俳句世界は多彩である。それらの句の中には、もちろん実際の場面に際会し、眼前の景物を詠んだものもあるが、しかし、これまで紹介した句

*嘱目吟―即興的に目に触れたものを吟じること。
*題詠句―題に合わせて俳句をつくること。

からも言えるように、蕪村の句もまた多くは句会での題詠であった。堀切実によれば、「蕪村の全句二八〇〇句余の八〇〜九〇％が題詠もしくは題詠ふうの句である」（『俳句研究』第68巻5号「歳時記と季語」）という。嘱目吟か題詠句かという句の成立事情と、句の優劣とは直結しない。嘱目吟には実感や実情が表現されていて文学的な価値が期待できるが、題詠句は俳諧修業のための作りものであって、文学的な価値を期待することはできない、などという区別はない。蕪村の題詠句の中には優れた作が多い。

題詠において、その出発点になる季語や季題というものは一般的・普遍的なものであるが、季語や季題に基づいて詠まれた句そのものは個別的・具体的なものである。その一般的・普遍的な題と個別的・具体的な実作とを繋ぐのは作者の想像力である。季語や季題に基づいて句を詠もうとする時、作者の脳裏で季語・季題に関わる過去の体験が想起され、それらが反覆吟味のうえ変形されて一つの虚構的な情景が構想され、最終的に一句の表現に定着されるというのが、題詠句の作句過程のおおよそであろう。そして、その際の過去の体験というもののなかには、書物や演劇などから得た知識や擬似体験というものも含まれている。

蕪村は想像力豊かな人であった。そして、「Ⅳ　文人精神―風雅と隠逸への憧れ」で取り上げたように、蕪村は文人として和漢の古典（文学作品や歴史書）についても幅広い知識を持っていた。また、門人に宛てた書簡のなかでしばしば観劇の楽しみを語ったり、歌舞伎狂言や役者についての批評をしたりしているように、蕪村は芝居マニアであり、芝居通でもあった。さらには、俳諧句文集『新花摘（しんはなつみ）』に顕著に見られるように、蕪村は狐狸のもたらす怪異に対して強い関心を持ち続けていた。数え方にもよるが、十話ほどの話柄からなる『新花摘』の文章篇において、蕪村は青年期の関東遊歴時代と中年期の丹後滞在時に経験したという狐狸の怪異譚を、その半数にあたる五話も書き留めている。

蕪村の多彩で印象的な優れた題詠句は、蕪村の豊かな想像力なくしては生まれなかった。そして、その蕪村の想像力は、もちろんこれら三つの領域に限られるわけではないが、歴史や芝居や怪異などを源泉として自由奔放に発揮され、作品化されているのである。

28

狩衣の袖のうら這ふほたる哉

【出典】『蕪村句集』

蛍狩りからの帰り、貴公子の狩衣の袖の中に蛍が紛れ込んでいるのであろう。蛍が袖の裏を這っているらしく、狩衣の薄い絹地を透かして、ぼおっとした蛍光が動いて見える。

「狩衣」は、もとは狩猟用の衣服だったが、平安時代には貴族の平服になった。夏物は平絹や紗を用いた薄い単物に仕立てられた。「狩衣」と「ほたる」の取り合わせは、『源氏物語』蛍巻で、光源氏が隠して持ちこんだ蛍を、玉鬘の居所に放つという場面などからの連想であろう。王朝趣味のあえかな美を表現しようとした句で、明和五年五月六日の大来堂での句会における、兼題「蛍」(夏)による題詠句である。蕪村の王朝趣味の句には、「女倶して内裏拝まんおぼろ月」や「さしぬきを足でぬぐ夜や朧月」など、けだるく艶っぽい情趣の句が多くある。

29

鳥羽殿へ五六騎いそぐ野分哉

【出典】『蕪村句集』

鳥羽の離宮へと五、六騎の武者が馬を駆って疾走している。いったい何が起ったというのだろうか。折しも、風雲急を告げるかのように、野分が不気味に吹き荒れている。

「鳥羽殿」は、現在の京都市伏見区下鳥羽の地に、白河上皇が造営した離宮で、のちに鳥羽上皇に受け継がれた。「野分」は、秋に吹く大風。『保元物語』*の「新院御謀叛思し召し立たる事」に、鳥羽殿に住んでいた新院崇徳上皇が後白河天皇に謀叛を企て、事を有利に進めるため洛中へ居を移そうとするところがある。おそらく、そのような場面を蕪村は思い描いていたのであろう。焦点のはっきりした、動的な構図を持った句になっており、平安時代末期における源平争乱の幕開けの一コマを見るような句である。緊張と不安の空間を演出する「野分」の語が的確に用いられているが、この句は明和五年八月十四日に行なわれた句会での兼題「野分」(秋)で詠まれた題詠句

* 『保元物語』――鎌倉時代に成立した軍記物語。作者未詳。のちさまざまに、成長、変貌。保元の乱の顚末を記し、武士たちの活躍を描く。

であった。
歴史を素材にした蕪村の句としては、平安時代の王朝趣味の句が注目されがちであるが、この句のほか、「秋寒し藤太（とうた）が鏑（かぶら）ひゞく時」や「しぐるゝや長田（おさだ）が館（たち）の風呂時分（ふろじぶん）」というような、軍記物の世界に材料を求めた句も少なからずある。

30 宿かせと刀投出（なげだ）す雪吹（ふぶき）哉

【出典】『蕪村句集』

夜更けに表の戸をしきりに叩く音がする。いぶかしく思いながら戸口を開けると、一人の武士が転がり込むように入ってきて、「一夜の宿を貸してくれ」というなり、腰の刀を投げ出した。外は闇、吹雪が激しく舞い散っている。

芝居好きの蕪村が仮構した舞台上の一場面として読むべき作であろう。不可解な緊迫感が漂っているが、これからこの舞台はどう展開していくのだろうか。その筋書を補うのは読者である。想像力豊かな作者蕪村が虚構の舞台の一場面を描き出して、読者の想像力を挑発し、そこに一句の余韻が生まれるという仕掛けになっている。明和五年十二月十四日の句会での兼題「吹雪」（冬）による題詠句である。

31

行春(ゆくはる)や撰者(せんじゃ)をうらむ歌の主(ぬし)

【出典】『蕪村句集』

春も過ぎゆこうとしている頃、勅撰和歌集の選に漏れた歌人が、いまさらどうにもならぬものとは知りながら、なお諦めきれずに撰者への恨みを内向させて悶々としている。

「撰者」は、ここでは勅撰和歌集などの編者の意。「行春」という言葉が喚起する情感、たとえば惜春の情や倦怠感などに呼応する人情として、勅撰集の選に漏れた歌人の優雅でもあり生臭くもある遺恨を対照させたところにこの句の面白味があり、蕪村の想像力の豊かさや言語感覚の鋭敏さが発揮されている。勅撰集への入集を無上の光栄とした王朝歌人に思いを馳せた王朝趣味の句で、明和六年三月十日の句会において兼題「暮春」で詠まれた題詠句である。類想の句に「ゆくはるや同車の君のさゝめごと」(『自筆句帳』)がある。

32 草枯て狐の飛脚通りけり

【出典】『蕪村句集』

草の枯れた一面の野原のなかを、一瞬すばやく何かの動く影が見えた。あれはきっと狐の飛脚が通り過ぎたのだ。

季語は「草枯」で、冬。「狐の飛脚」については清水孝之『与謝蕪村の鑑賞と批評』が、柳田国男の「狐飛脚」(『狐猿随筆』)を引用して、異常な速さで通報の役を果たす狐の話が早くは『今昔物語集』などに見えていることを指摘している。江戸時代にもこの種の伝承は多く存在していたようで、因幡国の桂蔵坊狐（けいぞうぼうぎつね）、大和国の源五郎狐（げんごろうぎつね）、羽後国の与次郎狐（よじろうぎつね）などはこの狐飛脚（飛脚狐とも）についての怪異の伝承である。

蕪村は狐のもつ不気味さや怪異性を好んで句に詠んだ。「狐火（きつねび）や髑髏（どくろ）に雨のたまる夜に」「みじか夜に狐のくれし小判かな」などの句があるが、時にはまた狐の怪異性と王朝趣味と複合させた「春の夜や狐の誘ふ上童（うえわらわ）」「公達（きんだち）に狐化（ばけ）たり宵の春」というような幻想的な句も詠んでいる。

33

易水（えきすい）にねぶか流るゝ寒（さむ）さかな

【出典】『蕪村句集』

古代中国の壮士荊軻（けいか）は、秦の始皇帝を刺殺しようと決死の旅に出た。人々はみな白装束を着て、易水の畔（ほとり）で荊軻を見送ったという。今、冬の易水の川面を、真っ白な葱が流れ去ってゆく。何という寒々とした光景であろうか。

「ねぶか」は葱で、冬の季語。「易水」は、中国の河北省を流れる川。『史記』*刺客列伝に拠れば、戦国時代、燕の荊軻が太子丹のため秦の始皇帝を暗殺しようと旅立った時、易水の畔で送別の宴が催された。人々は「白衣冠」して見送り、荊軻は「風蕭蕭として易水寒し、壮士一たび去りて復た還らず」と吟じて旅立ったという。この故事と、芭蕉の「葱白く洗ひたてたるさむさ哉」の句で示された、「寒さ」の新鮮な把握とを結合させた作である。再帰を期しがたいという悽愴な歴史的な場面における「白衣冠」の白さを、時は経っても同じ易水の流れに浮き沈みしながら流れ去ってゆく、卑近な「ねぶか」の白さに転じたところに、この句の俳諧性がある。

*『史記』―中国最初の紀伝体の通史。二十四史の一。前漢の司馬遷著。紀元前91年頃完成。後世、正史の模範とされた。

34

御手討の夫婦なりしを更衣

【出典】『蕪村句集』

御家（おいえ）の法度（はっと）である不義密通を働いたため成敗されようとした男女が、お慈悲を以て許されて夫婦になった。訳（わけ）ありの夫婦が平穏な日々を送り、今年もまた無事に衣更えの日を迎えている。

「御手討」は、主君が手ずから家臣を斬ること。ここは不義密通などを犯した罪の成敗を意味している。「更衣」は夏の季語で、四月一日に冬の小袖をやめて袷（あわせ）に着替える年中行事。身分制度の厳しかった封建社会では、不義密通やそれに伴う制裁は現実的にも少なからずあったであろうが、近松門左衛門の浄瑠璃『堀川波鼓（ほりかわなみのつづみ）』や井原西鶴の「忍び扇の長歌（ながうた）」（『西鶴諸国ばなし』）など、不義密通を題材にした芝居や小説も多い。この句の趣向の背後には、そのような芝居や小説の一場面が想定される。清水孝之はこの句の仕立てについて、「中七までが過去の複雑な事件を想像させ、現在の『更衣』で結んで、すっきりと情趣を統一した手際は見事だ」（『与謝蕪村の鑑賞と批評』）と評している。

35

秋たつや何におどろく陰陽師（おんみょうじ）

【出典】『蕪村句集』

立秋の朝が来た。一心不乱に占いをしていた陰陽師の顔に、一瞬ただごとならぬ驚きの表情が走った。陰陽師はいったい何に驚いたのであろうか。

季語は「秋たつ」で、立秋の日の朝をいう。「陰陽師」は、陰陽五行説に基づいて天文・暦数を司り、吉凶を占うことを職分とする、律令制下の陰陽寮の職員。立秋を詠んだ有名な歌に、藤原敏行（としゆき）の「秋来（き）ぬと目にはさやかに見えねども風の音にぞ驚かれぬる」（『古今集』）がある。この歌を踏まえ、吉凶を占う陰陽師の驚きという意表を突く趣向を用いて一句に仕立てた。不吉な卦（け）が出たことによる驚きであろうが、「何におどろく」と読者の想像力を刺激する句法も心憎い。この句は歴史上の一場面を想像させるような句になっているが、蕪村にはほかに、同じ敏行の歌を踏まえながら、この句とは違って滑稽卑俗な趣向を用いた、「秋来ぬと合点（がてん）させたる嚔（くさめ）＊哉」というよう

＊嚔――くしゃみ。

な句もある。

36 **指南車を胡地に引去ル霞哉**

【出典】『蕪村句集』

中国大陸の果てしもなく広がる大平原を、胡族征討の遠征軍が延々と列をなして進んでいく。その先頭に引かれていた指南車は、模糊とした春霞にいつのまにか包み込まれ、消え去ってしまった。

想像力を駆使した浪漫的な幻想句である。「指南車」は、木製の人形を載せ、磁石の働きでその指先が常に南を指すように造られた車。「胡地」は、中国の国境地帯にしばしば侵入した塞外民族胡族の住む土地。蕪村は安永三年十二月二十六日付けの書簡のなかにこの句を書き入れて、「此句けやけく候へども、折ふしは致置候。『去ル』と云字にて、『霞』とくと居り申候歟」

と解説している。「けやけし」とは、普通とは違っていて目立つという意味である。「指南車」や「胡地」という俳句には珍しい用語が人の目を奪うとともに、「引去ル」という動きのある表現が、すべてを包み込んでしまうような奥行きを持つ「霞」と呼応して、効果を発揮している。季語は「霞」で、春。蕪村には「高麗舟(こまぶね)のよらで過(すぎ)ゆく霞かな」「揚州(ようしゅう)の津も見へそめて雲の峯」というようなエキゾチックな類想句もある。

37
月の宴秋津(あきつ)が声の高き哉

【出典】『自筆句帳』

月見の酒宴も今やたけなわ。酩酊した文室秋津(ふんやのあきつ)が、いつものように誰はばかることなく酔泣(えいな)きをしている。皎々(こうこう)たる月光のもと、その泣き声の何と高らかなことよ。

「月の宴」は、明月を賞する酒宴で、秋の季語。「秋津」は、平安時代初期の能吏文室秋津。官位は正四位下・右兵衛督に至ったが、*承和の変（八四二年）に連座して左遷され、配所で死んだ。『続日本後紀』によれば、秋津は武芸に長じた勇猛な人物だったが、酒席においては「酒三四杯に至る毎に、必ず酔泣の癖」があったという。こうした史書に伝えられる秋津の酒癖を想像して詠んだいわゆる詠史の句である。尾形仂『蕪村の世界』は、秋津の登場する歌舞伎に『嫐髪歌仙桜』（宝暦十二年初演）、浄瑠璃に『小野道風青柳硯』（宝暦四年初演）・『独鈷駄六一代噺』（安永三年初演）があると指摘している。ちなみに、蕪村とも交遊のあった上田秋成の『春雨物語』中の一篇「海賊」は、任国土佐から京へ帰る途中の紀貫之の船を、この秋津が海賊となって襲い、貫之に歌論を挑むという話である。その中で、酒を飲んだ秋津が「おのが舟に飛うつり、舷たゝいて、『やんらめでた』と声たかくうたふ」というような場面もある。また蕪村には、この「海賊」の話と符合するような、「盗人の首領歌よむけふの月」（『自筆句帳』）というような句もある。

なお、尾形仂は『蕪村の世界』において、この秋津は、老年に至って省試に及第し、喜びのあまり内裏の建礼門の前で高吟したという宗岡秋津（*『江談抄』など）に当てるべきだとする。秋津が文室秋津か宗岡秋津かという問

*承和の変—承和九年、伴健岑・橘逸勢らが皇太子恒貞親王を奉じて謀反を企てたとして流罪となり、親王が廃された事件。

*『江談抄』—説話集。大江匡房の談話を藤原実兼が記録したもの。一一〇四〜〇六年頃成立か。有職故実・詩なども多いが、貴族社会

題は残るが、いずれにしろ歴史を想像力の源泉として詠まれた句であることは間違いない。

に取材した説話も少なくない。

38

古院月(こいんのつき)

鬼老(おい)て河原(かわら)の院の月に泣ク

【出典】『夜半叟句集』

かつては人に祟(たた)り禍(わざわい)をもたらした鬼も今や年老いて威力を失い、長年棲みついた河原の院で秋の月を眺めては懐旧の涙を流している。

「河原の院」は、嵯峨天皇の皇子で、臣籍に下って左大臣になった源融(みなもとのとおる)*が営んだ豪壮な邸宅。六条坊門の南、万里小路の東に位置し、八町の地を占めたという。融は自ら天皇の位を望んだが果たせず、怨霊になって河原の院に現われた(『今昔物語集』巻二十七・二)ともいい、また河原の院に泊まっ

*源融―平安初期の廷臣。嵯峨天皇の皇子で、臣籍に降下した。宇治の別荘はのち平等院となった。歌をよくした。(八二二〜八九五)

た旅の女が鬼に取り殺された(『今昔物語集』巻二十七・十七)ともいう。さらに謡曲「融」では、河原の院で旅寝をしている僧の前に融の亡霊が現われ、昔を偲んで明月のもとで舞を演じる。この句の「鬼」を融の怨霊と特定することはできないが、このような故事が踏まえられ、王朝趣味と怪異趣味とが結合された句になっている。

Ⅵ　日常と非日常

長期に及んだ関東での放浪生活を切り上げて京都に戻った三十六歳の蕪村は、その後三年間の丹後遊歴を経て京都に定住するようになった。おそらく四十五歳の宝暦十年（一七六〇）には妻ともを娶り、まもなく娘くのも生まれた。そして、五十五歳の明和七年（一七七〇）には先師巴人*の跡を継いで夜半亭を襲名し、俳諧宗匠になった。画家としての仕事も広がり、俳諧の門人も増えていった。蕪村の生活も中年に至ってようやく安定し始めたのである。

そうした蕪村の中年以後の日常生活の様子を窺うことのできる好適な資料が、蕪村の書簡である。偽簡や偽簡の疑いのあるものも含まれているので数は確定できないが、中年期以後のものを中心に、内容の伝存する蕪村書簡は四〇〇通を越すかと推測されている。蕪村の書簡のなかには、「家庭あり、交遊あり、多岐にわたるその人の人生模様」が繰り広げられており、「それらもじつは、大きな意味で、蕪村の俳諧を生み出す母胎であり、活力であった」（『蕪村書簡集』大谷篤蔵解説）。また、芳賀徹は蕪村の書簡のなかには、

*巴人―早野巴人（はやのはじん）。下野国の生まれ。別号を宋阿・竹雨・夜半亭など。芭蕉の俳風を慕い、門下から蕪村・雁宕（がんとう）・几圭（きけい）などを輩出した。（一六七七〜一七四二）

「あの美しい数々の句に昇華されてしまう前の、詩人蕪村のこまやかなはたらき、四季のうつろいのなかでの日々の哀歓、そしてそれをとりまく明和・安永・天明と呼ばれる頃の京阪の狭くとも平和な文人社会の語らいの声」（『與謝蕪村の小さな世界』）を読み取ることができるとしている。

蕪村の生活は画家としての仕事で支えられており、宗匠になって門人を抱えるようになっても、俳諧は生活のためというよりは楽しむためのものであった。大坂の門人正名宛て安永六・七年十一月二十七日付けの書簡に、「最早年内余光無之、大晦日といふ大敵まのあたりにせめよせ候故、画三昧に入候てホ句（発句）も無御座候」というように、画業が忙しくて俳諧に遊ぶ余裕がないことをしばしば歎いている。

しかし、京都あるいは地方在住の俳諧の門人たちは、同時に蕪村の画業の後援者であり、蕪村の画を売りさばくエージェントでもあった。但馬国出石の門人霞夫宛て安永五年六月二十八日付けの書簡において、「（山水画二幅を書簡とともに送り）足下之御取計意にて、其御地之田舎漢へ売付、代金御登せ可被下候。存之外手間は入候画共にて候」と、蕪村は画の売りさばきを依頼している。

画業の余暇に俳諧に遊ぶというのが蕪村の日常生活の基本であったが、蕪村は多忙な生活の中にも積極的に愉楽を求めた。蕪村は大の芝居好きであり、茶屋遊びにも目がなかったことが書簡からは窺われる。蕪村の芝居好きは「V　想像力の源泉」でも問題にしたが、几董宛て天明二年十一月五日付けの書簡に、「顔見せ御見物のよし、愚老も昨日かとう催（もよおし）にて見申候。……昨日之桟（さ）敷（じき）も漸向（ようやくむこう）ノ正面にて、小雛・小糸・石松などにて見申候。かとうは用事に付（つき）七ツ過（すぎ）に見え候て、それまでは愚老山の大将」とある。この時、蕪村は京都の本屋汲古堂（きゅうこどう）の主人であった俳人佳棠（かとう）の招待で劇場に出かけ、芸妓たちを侍らせて芝居見物を大いに楽しんだのである。

年不明の佳棠（推定）宛ての書簡に、「夜前は杉月（さんげつ）へ罷（まかり）こし、大酒にて、今日はふら〱と心あしく候。されどもどこやらこゝろほのめき候。しかし、雛・糸を欠き候て、是のみ遺恨に候」などと記されているように、蕪村には行きつけの茶屋があり、その一つが杉月であった。杉月で大酒して二日酔いになったが、何となく心が浮き立っている、しかしその席に小雛と小糸という芸妓がいなかったのが心残りだというのである。小雛と小糸の名は先の芝居見物の書簡にも見えていたが、蕪村はとりわけ小糸を贔屓（ひいき）にし、「小糸事ゆへ、何をたのみ候てもいなとは申さず候へども」（佳棠宛て天明元年五月二六日付け書簡）というほど執心していた。

　遊楽は蕪村の日常を「心ほのめかす」ものだった。しかし、そのために蕪村は家族を犠牲にすることはなかった。妻子と一緒に嵯峨野に花見に出かけ（天明三年三月の魚官宛て書簡）、自分が家を空ける時には女ばかりの留守になることを心配し（安永五年頃の三月三日付け賀瑞宛て書簡）、馴染みの茶屋杉月に居続けた時には無用の心配をかけぬよう帰宅の予定を妻に報せている（年月不明二十三日付けおとも宛て書簡）。蕪村は良き夫であり、優しい父であった。とりわけ蕪村は娘くのを溺愛した。娘の腕の持病を心配し、娘が習っていた琴の上達を知人に吹聴し、娘が良縁に恵まれたことを喜んで芸妓まで呼んで大宴会を催し、さらには婚家に馴染めず離縁になって戻ってきた娘の身を案じながら婚家を罵るなど、娘の身に起った出来事を蕪村はあちこちへ宛てた書簡の中に書き連ねている。

　そして、このような蕪村書簡の全体を通して感じ取られるのは、日常生活における蕪村の滑稽磊落な姿である。その一例を挙げておこう。安永九年三月二十一日付けの几董宛て書簡に次のような文章が見えている。「此少婦（このしょうふ）、

先日妻之供(とも)いたし、貴家にて治三良(じさぶろう)とやら申人美男(もうすひと)のよし、帰後執心之よし
　承(うけたまわり)候。夫故(それゆえ)態々(わざわざ)遣し申候。是(これ)恋情之仁心(じんしん)也」。蕪村はこの手紙を持たせて「少婦」（下女）を門人几董の家に遣わしたのだが、なぜこの下女を遣わしたかというと、几董宅にいる治三良という美男子をひと目見てより、下女が執心しているようなので、その恋の取り持ちをしてやろうと仁心を発揮したのだというのである。洒脱な蕪村なればこその粋(いき)な計らいであった。

　大谷篤蔵が指摘したように、以上のような日常生活のさまざまな出来事や感慨も蕪村俳諧の素材になっている。しかし、日常生活を素材にした句だからといって、蕪村はあるがままの日常をそのまま詠んだわけではなかった。それらもまた多くは句会での題詠句として詠まれており、機会詩(オケージョナルポエム)として詠まれたものではない。日常の感慨や情景を主題にしても、蕪村は想像力を働かせ、趣向を構え、そして時には虚構を用いて、その感慨や情景に相応(ふさわ)しい一句に仕立て上げようとした。そして、書簡などにはなかなか現われない自意識の表現であったり、あるいは日常の裂け目に時おり顔を覗かせる、非日常のいわゆる実存的な不安や恐怖なども、蕪村は日常風景の一コマを切り取ったような句のなかに詠み込もうとした。そのような蕪村の非日常をも内

包する日常のさまざまな情景を詠んだ句を以下に紹介する。

39

古井戸や蚊に飛ぶ魚(うお)の音くらし

【出典】『蕪村句集』

使われなくなって久しい古井戸がある。その底に棲む魚が、井戸の中を飛ぶ蚊を捕食しようと、時おり水面に跳びはねる。微かに聞こえてくるその音の闇(くら)い響きよ。

魚が立てる音の闇い響きは、光の届かない古井戸の中の暗黒を思わせ、また同時に、見捨てられたその古井戸に死に絶えるまで閉じ込められたままの、魚の生(せい)の陰々滅々とした暗さを想像させる。蚊は古井戸から脱け出ることもできるが、魚は自力ではその闇からは脱出できない。古井戸の中の魚の命をこのように捉える視線の根底には、生の不条理とそれに対する恐れという、蕪村の実存的な感覚を読み取ることができるであろう。季語は「蚊」で、夏。

なお、蕪村には「こがらしや覗て逃る淵のいろ」というような、自然の不気味さへの畏怖を詠んだ句もある。

40 温泉の底に我足見ゆる今朝の秋

【出典】『自筆句帳』

白く湯気の立ち昇る温泉の朝湯にゆったりと浸かっていると、澄んだ湯の底に自分の足がはっきりと透けて見える。立秋の朝のこのしみじみとした気配よ。

「今朝の秋」は、立秋の朝。蕪村は安永三年九月二十三日付けの大魯宛て書簡に、「拙が足は少く候。九もん八分くらい（二三・五センチくらい）にて能候」と記している。伝存する肖像画に拠ると、蕪村は骨太ながっちりとした体格をしていたように思われるが、足は華奢だったのである。透明な湯を通して、その足はいっそう華奢に、白っぽく見えたのであろう。頬を撫でる立秋の朝の風の爽やかさと、体を包み込む湯の温かさを感じながら、華奢なわが足をいとおしく眺め、秋の訪れをしみじみと嚙みしめる蕪村の姿が想像される。

41　月天心貧しき町を通りけり

【出典】『蕪村句集』

月が空高くかかっている秋の夜更け、皎々たる月の光に照らされた貧しい町なかを、私はひとり通り過ぎたのだった。

「天心」は、空の中心。この句の初案と思われる形が、『落月庵句集』に「名月やまづしき町を通りけり」、『新五子稿』に「名月に貧しき道を通りけり」と見えている。平凡な「名月や」「名月に」から「月天心」への推敲がなされことによって、月の位置と夜の時刻が明確になり、印象鮮明な佳句へと変わった。「月天心」という表現は、宋の*邵康節「清夜吟」（『古文真宝前集』）

の「月天心に到る処、風水面に来る時、一般の清意の味はひ、料り得たり人の知ることの少なるを」を典拠とする。そうであるならば、「月天心」という表現には、「清意」（すがすがしさ）が読み取られるべきであろう。昼間は猥雑に薄汚れて見えた町並みも、真夜中の今は天の中心に上った月の光であまねく浄化され、すがすがしさえ感じられる情景に変わっているというのである。人の気づくことが稀な「貧しき町」の変化に遭遇した感動が詠まれている。季語は「月」で、秋。

＊邵康節―北宋の儒者。名は雍、康節は諡号。程顥や朱熹に影響を与えた。（一〇一一〜一〇七七）

42

題　恋

貌見せや夜着をはなるゝ妹が許

【出典】『蕪村句集』

顔見世興行の芝居を見に行く前夜、馴染みの女のもとに泊まった。夜明け時、芝居の始まりを報せる櫓太鼓(やぐらだいこ)の音が聞こえてきたので、いつもは離れがたい寝床から、えいやっと起き上がった。

「貌見せ」は顔見世で、歌舞伎の年中行事の一つ。江戸時代は、それぞれの劇場が毎年十一月から一年契約で役者を雇うことになっていた。その新契約の役者を披露する十一月興行の芝居を顔見世と称した。冬の季語である。「夜着」は、寝る時に掛ける夜具。掛蒲団。『蕪村句集講義』の「顔見せは十一月朔日の芝居にして、此日は特に朝早く(寧ろ夜の明けぬ内より)先を競ふて出かくるを例とす。此句も朝早く芝居に行かんとて妹がもとを離る、ことを言へり。きぬ〴〵を惜む情と顔見せに行きたき情との二様の情が同時に起る趣なるべし。併しこ、ではきぬ〴〵を惜む方の情は極めて少くして、寧ろ愉快に満足して妹がもとを離る、趣もあり」という解説が意を尽くしている。もちろんこの句も題詠である。したがって、「妹」は蕪村お気に入りの芸妓であった小糸を指しているものとして、実生活上の一場面を想定して解釈するのは、むしろ誤りというべきであろう。なお、芝居好きの蕪村が顔見世に心を躍らせるさまは、「貌見せやふとんをまくる東山」というような句にも詠まれている。

43 蚊屋(かや)の内(うち)にほたる放してア、楽(らく)や

【出典】『蕪村句集』

> 夜風がそよぎ始めた夏の宵、窓を開け放ち、灯(あか)りをつけず、蚊帳の中に何匹かの蛍を放す。蚊帳の中に寝転び、飛び交う蛍の青い光の明滅を眺めていると、昼間の酷暑もしばし忘れて、「ア、極楽だ」ということばが思わず口をついて出た。

無雑作に言い捨てたような「ア、楽や」という口語調の表現が、昼間の酷暑から解放され、ホッと一息ついた夏の夜の安堵感を的確に表わしている。蕪村の句にこのような生(なま)な口語がはめ込まれることは必ずしも多くないが、

こうした磊落さも蕪村の一面であった。『落日庵句集』には、初案と思われる「蚊屋の内蛍はなしぬあら楽や」という形で収められている。「あら」を「ア、」と変えたことによって、より放縦（ほうしょう）率直な感じが現われ、「蚊屋の内に」と字余りにしたことも、無雑作で磊落な口語調を引き立てる役割を果している。季語は「蚊屋」で、夏。

44

かけ香（ごう）や唖（おし）の娘のひとゝなり

【出典】『蕪村句集』

唖の娘が掛香（かけごう）を身につけているらしく、香りが仄（ほの）かに伝わってくる。その掛香の香りに、物言えぬ不幸な娘のゆかしい性格と、年頃の娘としての女らしさが感じられる。

「かけ香」は、種々の香料を調合して絹の袋に入れ、懐中（かいちゅう）しておく匂袋（においぶくろ）で、夏の季語。「ひとゝなり」は、生まれつきの性格という意味とともに、成長したことで現われるようになった女としての自己主張というニュアンスも含めて解釈したい。ハンディキャップを負ってひっそりと生きざるを得ない、娘の控えめな自己主張の美しさが、「かけ香」の語に凝縮されている。蕪村の娘も病弱で腕の痛みという病気に苦しめられていたが、唖ではなかった。蕪村句の趣向として、蕪村は虚構の「唖の娘」を登場させたのであろうが、娘くゝのに対する父蕪村の思いの投影もあろう。

45

うつゝなきつまみごゝろの胡蝶哉

【出典】『蕪村句集』

花に止まっている蝶をそっと指でつまんだ。蝶を痛めぬよう柔らかくつまんだ指先と蝶とが触れ合う微妙な触感は、まるで現実感というものがないような不思議な感覚だ。

「うつゝなき」（現無き）は、現実感がない。「つまみごゝろ」は、蝶が草花に止まっている時の蝶の気持という解釈も可能であるが、ここは人が蝶をつまんだ時のその人の心持ちと解したい。この句の背景には、『荘子』[*]斉物論篇の「荘周(そうしゅう)夢に胡蝶と為(な)る」という話が想定される。荘周は夢の中で蝶になって楽しく飛び回った。しかし、ふと目覚めると自分は蝶ではなく人間荘周だった。これは荘周という人間が夢で蝶になったと考えるのが正しいのか、それとも蝶が夢のなかで人間荘周になっていると考えるのが正しいのだろうか、現実と夢との絶対的な区分など実はないのではないかという寓話である。実存の不安とでも呼べるような、現実感の喪失という不可思議な感覚を、蕪村は句にしたのである。蝶をつまんで夢見心地に誘われたというような軽い感覚ではなく、蝶をつまんだ時の微妙な感触に、自分の存在の足許が溶解してしまうような不安定さを感じたというのである。季語は「胡蝶」で、春。

* 『荘子』――中国、戦国時代の思想書。10巻33編。荘子とその学統の後人の著作。一切をあるがままに受け入れるところに真の自由が成立するということを寓言(ぐうげん)をまじえて説く。

46 老(おい)が恋(こい)わすれんとすればしぐれかな

几董会　当座　時雨

【出典】書簡

思いがけなく老いらくの恋のとりこになった。年甲斐もないと人には言われ、自分でもそう思って、何とか思い切ろうとしているところに、さっと時雨が降り過ぎた。どうせ先行き短い儚（はかな）い命だ。心の赴くままに任せ、無理に恋情を断ち切ることなどすまい。

安永三年九月二十三日付けの大魯宛て書簡の中に記された句である。几董宅で開かれた句会の当座の題「時雨」によって詠んだ題詠句であることを、前書が示している。したがって、この句を材料にして、蕪村の実生活における老いらくの恋を詮索してもあまり意味はない。大魯宛ての書簡にこの句を記した蕪村は続けて、「しぐれの句、世上皆景気のみ案（あんじ）候故、引違候而（ひきちがえそうろうて）いたし見申候」と作句の意図を解説している。時雨の句といえば世間ではとかく「景気」の句（叙景の句）ばかりを詠みたがるが、この句では趣向を変え、恋と取り合わせて新工夫の句に仕立ててみたというのである。ちなみに、川端康成は小説『山の音』において、初老の主人公信吾が、息子修一の妻菊子への恋情のありようを述べるくだりで、蕪村のこの句を引用して、「うつつでだって、ひそかに菊子を愛していたっていいではないか。信吾はそう思い直そうとしてみた。しかしまた、『老が恋忘れんとすればしぐれかな』と蕪村の句が浮んできて、信吾の思いはさびれるばかりだ」と筆を運んでいる。川端は私解とは逆に、老いらくの恋を思い切る句として、この句を解釈したようだ。季語は「しぐれ」で、冬。

47 我を厭(いと)ふ隣家寒夜(かんや)に鍋を鳴ラす

【出典】『蕪村句集』

冷え込みの厳しい冬の夜、隣家は温かな夜食を食べているらしい。日頃から私を嫌っている隣人は、貧しい私には夜食などないのを知っていて、聞こえよがしに鍋を音高く鳴らしている。

冬の夜の貧乏生活を詠んだ「貧居八詠」と題する連作八首のうちの七首目。

季語は「寒夜」で、冬。隣人から嫌われているという自意識が、被害者意識へと変化する場面を詠じた特異な句である。六・七・六というの佶屈な破調も、内容の特異さと呼応して効果を発揮している。『蕪村句集講義』において、虚子は「蕪村を厭ふ隣家のものが寒き夜更けて鍋の底などをがり〳〵とすり鳴らすには非ずや」と評し、鳴雪は「鍋を鳴らすはものを食ふ時の音なるべし。蕪村に聞こえよがしにするなるべし」と評して、蕪村の実生活を詠んだ句として解釈しているが、もちろんこの句は題詠句であって、実生活にあったことをそのまま詠んだものではない。漢の高祖劉邦*がまだ微賤*であった頃、劉邦は客を連れて嫂のもとに食事に行った。ところが、劉邦を嫌ってい た嫂は釜の中には羹がまだあったにも関わらず、わざと釜の底をこそいで音を立て、羹がないかのように偽ったという故事(『史記』楚元王世家)が意識されていよう。

*劉邦—前漢・初代皇帝。廟号は高祖。項羽軍と連合して秦と戦って勝利し、さらに項羽を破り天下を統一した。都を長安に定め、帝位についた。(前二四七〜前一九五)

*微賤—身分や地位が低く、いやしいこと。

48

身にしむや亡妻(なきつま)の櫛(くし)を閨(ねや)に踏(ふむ)

【出典】『蕪村句集』

薄暗い寝間(ねま)の中で、思いがけなくも亡き妻が身につけていた櫛を踏みつけた。今頃こんな所に、なぜこんな物がと不審に思いながらも、亡き妻の面影が浮かんできて、秋の日の冷え込みがいっそう身に沁み、しみじみとした寂寥感に捉われてしまった。

「身にしむ」は秋の季語で、秋冷が身に沁みることをいうが、同時に心に忍び寄る寂寥感をも表わしており、亡き妻を懐かしむ惻々(そくそく)とした感情の表現になっている。蕪村の妻は蕪村没後まで健在であったから、この句はまったくの虚構といってよく、蕪村得意の小説的趣向による句になっている。中村*草田男はいかにも実作者的な視点から、この句について、「小説的趣向の句中にあっても、最も複雑なものの一つであり、刺激の強烈なものである。『櫛』を持ってきたのは、女の魂ともいうべき亡妻の黒髪を最後の日まで飾ってい

*中村草田男(くさたお)—28ページ注参照。

たものによって、悲傷と凄味とを強めようとしたのである。その櫛を不用意に踏んだ場所を特に『閨』にしたのも、同様の理由からである」（『蕪村集』）と行き届いた解説をしている。

49 **葱買て枯木の中を帰りけり**

【出典】『蕪村句集』

冬の日が傾きかけた頃、葉を落とし尽くした枯木が両側に立ち並ぶ道を、途中で買った一把の葱を手に提げながら、我が家へと帰ってきた。

「葱」は関東ではネギと訓むが、上方ではネブカと訓んだので（『物類称呼』）、ここは上方風にネブカと訓むことにする。冬の季語である。この句については、枯木の中を帰るのは作者自身なのか、それとも作者以外の第三者なのか、すなわちこの句は主観句か客観句かということが、子規一門の『蕪村句集講義』で問題にされて以後、論議の的になってきたが、主観句として解釈したい。生気を失った「枯木」と、新鮮な「葱」の対比という客観的な把握が、この句の表現上の大きなポイントであることは論を待たないが、そうした客観的な把握がすべての句ではないからである。萩原朔太郎は『郷愁の詩人与謝蕪村』において、「葱」は貧しいけれども温かな夕餉の材料でもあって、蕪村がこの「枯木」の中の「葱」に、主観的に、侘びしいけれども懐かしい人生あるいは暖かな家庭というものを象徴させようとしたとし、「蕪村のポエジイするものは、一層人間生活の中に直接実感した侘(わ)びであり、特にこの句の如きはその代表的な名句である」と高く評価している。

50　燈(ひ)ともせと云(い)ひつゝ出るや秋の暮

【出典】『蕪村遺稿』

釣瓶落(つるべおと)しに日が暮れる秋の夕暮れ時、所用で外出することになった。家の中はもう暗いから灯(あか)りを点(つ)けなさいと、家人に声をかけながら家の戸口を出る。

自分が家を空けると女ばかりの留守になってしまうことを心配するような（安永五年頃の三月三日付け賀瑞宛て書簡）家族思いの蕪村の、小市民的で穏やかな生活風景の句であるが、芳賀徹は「秋の終わりのころの夕暮れの、あの深い底から湧いてくるような淋しさと、それをわずかに救ってくれる『燈』の明るさとのかかわりを、この句はみごとに、ドラマ仕立てでとらえている」（『詩の国詩人の国』「蕪村十一句」）と評した。確かに「門を出れば我も行人秋のくれ」「門を出て故人逢ぬ秋のくれ」というような句も詠んだように、蕪村は日々の小市民的な生活風景のなかにも、生きていることがもたらす根源的な淋しさというものを、誰よりも鋭敏に感受せずにはいられない人であった。

俳人略伝

　江戸時代を前期・中期・後期に三区分し、それぞれの時期を代表する俳人として、芭蕉・蕪村・一茶を挙げるのは定説になっている。三人の俳風は対照的で、作品には各人の個性が表われているとともに、それぞれの時代的な特性も刻印されており、芭蕉が中世的な精神主義を継承しているのに対し、蕪村は近世的な享楽主義を内包し、一茶には近代に登場する自然主義文学に近しいものが見られる。

　そういう意味でもっとも近世的な俳人とも称しうる蕪村は、享保元年（一七一六）に摂津国東成郡毛馬村（大阪市都島区毛馬町）で生まれた。両親や生家など蕪村の出生については謎が多い。二十歳を迎えた頃、江戸に下り、日本橋石町（こくちょう）の夜半亭宋阿（やはんていそうあ）（巴人（はじん））について俳諧を学んだ。宋阿没後、北関東を放浪し、画家あるいは俳諧師として活動した。この頃、一時出家して浄土宗の僧侶になったともいう。三十六歳の宝暦元年（一七五一）に上京し、以後は京に住まいを定めて画家として生計を立て、俳諧に遊んだが、丹後国宮津に長期にわたって滞在したり、讃岐国丸亀に遊歴したこともあった。

　五十一歳の明和三年（一七六六）からは知友たちと三菓社の句会を始め、五十五歳の明和七年（一七七〇）には、先師宋阿の跡を継いで夜半亭二世を襲名して俳諧宗匠の仲間入りをした。俳風は異なるが芭蕉を敬慕し、伊勢の樗良（ちょら）や名古屋の暁台（きょうたい）らと蕉風復興の気運を担った。天明三年（一七八三）六十八歳で没し、洛東金福寺（こんぷくじ）の芭蕉碑のほとりに埋葬された。

略年譜

和暦	西暦	年齢	事跡
享保　元	一七一六	1	摂津国東成郡毛馬村（大阪市都島区毛馬町）に生まれる。姓は谷口氏。
二〇	一七三五	20	この頃、江戸に下る。
元文　二	一七三七	22	宋阿（夜半亭）に入門、日本橋石町に住む。
三	一七三八	23	『卯月庭訓』に宰町号で自画賛句、『夜半亭歳旦帖』に宰町号で一句入集。
寛保　二	一七四二	27	宋阿没し、下総結城の雁宕のもとに寄寓。以後、十年ほどの間、北関東を放浪し、また奥羽行脚に出かけ、江戸にも住む。
延享　元	一七四四	29	宇都宮で初めて歳旦帖を刊行。号を蕪村に改める。
宝暦　元	一七五一	36	中秋の頃、入京する。
四	一七五四	39	春、丹後に赴き、宮津の見性寺に寄寓する。以後、三年近く丹後に滞在し、画作に励む。
七	一七五七	42	九月、丹後から帰京。

	一〇	一七六〇	45	妻ともと結婚するか。与謝姓を名乗る。
明和	三	一七六六	51	六月、三菓社の句会始まる。秋、画業のため讃岐に赴く。
	七	一七七〇	55	三月、夜半亭二世を継ぎ、俳諧宗匠になる。七月、几董入門する。
	八	一七七一	56	春、夜半亭の歳旦帖『明和辛卯春』刊。八月、「十宜図」（池大雅「十便図」との競作）を画く。
安永	五	一七七六	61	五月、「洛東芭蕉庵再興記」を書き、同じ頃、写経社を結ぶ。十二月、娘くの結婚する。
	六	一七七七	62	春、春興帖『夜半楽』刊。四月、『新花摘』の稿を起したが、病気で中絶する。五月頃、娘くの離婚する。十二月「春泥句集序」を書く。
	七	一七七八	63	三月、几董と大坂・兵庫を旅行する。五月、「野ざらし紀行図巻」を画く。六月、来屯の依頼で「奥の細道図巻」を画く。
	八	一七七九	64	四月、蕪村を宗匠として連句修行のための檀林会結成される。秋、「奥の細道図屏風」を画く。
天明	元	一七八一	66	五月、金福寺に芭蕉庵を改築再建し、自筆の「芭蕉庵再興記」を金福寺に奉納。

二　一七八二　67　三月、吉野へ花見旅行に行く。

三　一七八三　68　九月、宇治田原に遊び、家族や門人たちと松茸狩りをする。十月、発病する。十二月二十五日、未明に没す。

読書案内

『蕪村事典』 松尾靖秋・村松友次・田中善信・谷地快一 桜楓社 一九九〇年
［「年譜」「評釈一覧」「絵画一覧」「研究文献目録」などからなり、蕪村研究のための基本的な参考図書。］

『与謝蕪村』 田中善信 吉川弘文館人物叢書 一九九六年
［コンパクトであるが、信頼できる蕪村伝記研究。］

『蕪村全集』（全九巻） 尾形仂ほか 講談社 一九九二年〜二〇〇九年
［最新の研究成果を生かした蕪村研究の基礎となる全集。］

『蕪村集』 古典俳文学大系12 大谷篤蔵・岡田利兵衛・島居清 集英社 一九七二年
［発句、連句、俳文、序跋、書簡などが一冊にまとめられた便利な全集。］

『蕪村全句集』 藤田真一・清登典子 おうふう 二〇〇〇年
［全発句を四季・季題別に配列し、略注を付したもの。俳句実作者に利便性がある。］

『蕪村俳句集』 尾形仂 岩波文庫 一九八九年
［『自筆句帳』所収の一〇五五句と「春風馬堤曲」「澱河歌」「北寿老仙をいたむ」を収める。］

『蕪村書簡集』 大谷篤蔵・藤田真一 岩波文庫 一九九二年
［蕪村書簡の中から二四六通を選び、年代順に配列し、略注を付したもの。］

『蕪村句集講義』『蕪村遺稿講義』 正岡子規ほか 俳書堂 一九〇〇年〜一九〇七年
［子規一門による蕪村発句の評釈で今なお高い利用価値がある。『蕪村句集講義』は平凡社の東洋文庫中に復刊されている。］
『與謝蕪村集』 新潮日本古典集成 清水孝之 新潮社 一九七九年
『蕪村集』 中村草田男 大修館書店 一九八〇年
『蕪村集』 鑑賞日本の古典 村松友次 尚学図書 一九八一年
『蕪村集・一茶集』 完訳日本の古典 栗山理一・暉峻康隆・松尾靖秋 小学館 一九八三年
『与謝蕪村の鑑賞と批評』 清水孝之 明治書院 一九八三年
『蕪村 一茶集』 古典名作リーディング1 揖斐高 貴重本刊行会 二〇〇〇年
『蕪村句集』 玉城司 角川ソフィア文庫 二〇一一年
『郷愁の詩人与謝蕪村』 萩原朔太郎 第一書房 一九三六年（後に新潮文庫、岩波文庫などで刊）
［近代における「郷愁の詩人」としての蕪村評価を切り拓いた記念碑的な蕪村論。］
『詩人与謝蕪村の世界』 森本哲郎 至文堂 一九六九年（後に講談社学術文庫で復刊）
『与謝蕪村』 日本詩人選18 安東次男 筑摩書房 一九七〇年
『蕪村の世界』 山下一海 有斐閣 一九八二年
『與謝蕪村の小さな世界』 芳賀徹 中央公論社 一九八六年
『蕪村の世界』 尾形仂 岩波書店 一九九三年（後に岩波同時代ライブラリーで復刊）
『蕪村』 藤田真一 岩波新書 二〇〇〇年

雑誌の蕪村特集としては、『国文学 解釈と鑑賞』（至文堂、一九七八年三月）、『俳句』（角川書店、一九八三年九月）、『文学』（岩波書店、一九八四年十月）、『国文学 解釈と教材の研究』（学燈社、一九八七年九月・一九九一年十一月・一九九六年十二月）、『俳句研究』（富士見書房、一九九五年七月）などがある。

なお、個別の研究書・研究論文については『蕪村事典』などを参照していただきたい。

【著者プロフィール】

揖 斐　高（いび・たかし）

＊1946年北九州市生。
＊東京大学文学部卒業、東京大学大学院修了。博士（文学）。
＊現在　成蹊大学名誉教授、日本学士院会員。
＊主要著書
『江戸詩歌論』（汲古書院、読売文学賞）
『遊人の抒情―柏木如亭』（岩波書店）
『江戸の詩壇ジャーナリズム―『五山堂詩話』の世界―』（角川書店）
『近世文学の境界―個我と表現の変容―』（岩波書店、やまなし文学賞・角川源義賞）
『江戸の文人サロン―知識人と芸術家たち―』（吉川弘文館）
『頼山陽詩選』（岩波文庫）
『江戸幕府と儒学者―林羅山・鵞峰・鳳岡三代の闘い―』（中公新書）
『柏木如亭詩集』１・２（平凡社東洋文庫）ほか。

蕪村（ぶそん）　コレクション日本歌人選 065

2019年1月25日　初版第1刷発行

著者　揖斐　高

装幀　芦澤泰偉

発行者　池田圭子
発行所　笠間書院
〒101-0064　東京都千代田区神田猿楽町2-2-3
NDC分類911.08　電話03-3295-1331 FAX03-3294-0996

ISBN978-4-305-70905-9

本文組版：ステラ　印刷／製本：モリモト印刷
乱丁・落丁本はお取り替えいたします。（本文用紙：中性紙使用）
出版目録は上記住所または、info@kasamashoin.co.jp までご一報ください。

コレクション日本歌人選　第Ⅰ期～第Ⅲ期　全60冊!

第Ⅰ期　20冊　2011年（平23）2月配本開始

No.	書名	読み	著者
1	柿本人麻呂	かきのもとのひとまろ	高松寿夫
2	山上憶良	やまのうえのおくら	辰巳正明
3	小野小町	おののこまち	大塚英子
4	在原業平	ありわらのなりひら	中野方子
5	紀貫之	きのつらゆき	田中登
6	和泉式部	いずみしきぶ	高木和子
7	清少納言	せいしょうなごん	圷美奈子
8	源氏物語の和歌	げんじものがたりのわか	高野晴代
9	相模	さがみ	武田早苗
10	式子内親王	しょくしないしんのう（しきしないしんのう）	平井啓子
11	藤原定家	ふじわらていか（さだいえ）	村尾誠一
12	伏見院	ふしみいん	阿尾あすか
13	兼好法師	けんこうほうし	丸山陽子
14	戦国武将の歌		綿抜豊昭
15	良寛	りょうかん	佐々木隆
16	香川景樹	かがわかげき	岡本聡
17	北原白秋	きたはらはくしゅう	國生雅子
18	斎藤茂吉	さいとうもきち	小倉真理子
19	塚本邦雄	つかもとくにお	島内景二
20	辞世の歌		松村雄二

第Ⅱ期　20冊　2011年（平23）10月配本開始

No.	書名	読み	著者
21	額田王と初期万葉歌人	ぬかたのおおきみ しょきまんようかじん	梶川信行
22	東歌・防人歌	あずまうた さきもりうた	近藤信義
23	伊勢	いせ	中島輝賢
24	忠岑と躬恒	みぶのただみね おおしこうちのみつね	青木太朗
25	今様	いまよう	植木朝子
26	飛鳥井雅経と藤原秀能	まさつね ひでよし	稲葉美樹
27	藤原良経	ふじわらのよしつね（りょうけい）	小山順子
28	後鳥羽院	ごとばいん	吉野朋美
29	二条為氏と為世	にじょうためうじ ためよ	日比野浩信
30	永福門院	えいふくもんいん（ようふくもんいん）	小林守
31	頓阿	とんな（とんあ）	小林大輔
32	松永貞徳と烏丸光広	ていとく みつひろ	高梨素子
33	細川幽斎	ほそかわゆうさい	加藤弓枝
34	芭蕉	ばしょう	伊藤善隆
35	石川啄木	いしかわたくぼく	河野有時
36	正岡子規	まさおかしき	矢羽勝幸
37	漱石の俳句・漢詩		神山睦美
38	若山牧水	わかやまぼくすい	見尾久美恵
39	与謝野晶子	よさのあきこ	入江春行
40	寺山修司	てらやましゅうじ	葉名尻竜一

第Ⅲ期　20冊　2012年（平24）6月配本開始

No.	書名	読み	著者
41	大伴旅人	おおとものたびと	中嶋真也
42	大伴家持	おおとものやかもち	小野寛
43	菅原道真	すがわらみちざね	佐藤信一
44	紫式部	むらさきしきぶ	植田恭代
45	能因	のういん	高重久美
46	源俊頼	みなもとのとしより（しゅんらい）	高野瀬恵子
47	源平の武将歌人		上宇都ゆりほ
48	西行	さいぎょう	橋本美香
49	鴨長明と寂蓮	ちょうめい じゃくれん	小林一彦
50	俊成卿女と宮内卿	しゅんぜいきょうじょ くないきょう	近藤香
51	源実朝	みなもとのさねとも	三木麻子
52	藤原為家	ふじわらためいえ	佐藤恒雄
53	京極為兼	きょうごくためかね	石澤一志
54	正徹と心敬	しょうてつ しんけい	伊藤伸江
55	三条西実隆	さんじょうにし さねたか	豊田恵子
56	おもろさうし		島村幸一
57	木下長嘯子	きのした ちょうしょうし	大内瑞恵
58	本居宣長	もとおりのりなが	山下久夫
59	僧侶の歌	そうりょのうた	小池一行
60	アイヌ神謡ユーカラ		篠原昌彦

推薦する——「コレクション日本歌人選」

篠　弘

●伝統詩から学ぶ

啄木の『一握の砂』、牧水の『別離』、さらに白秋の『桐の花』、茂吉の『赤光』が出てから、百年を迎えようとしている。こうした近代の短歌は、人間を詠みうる詩形として復活してきた。しかし、実生活や実人生を詠むばかりではなかった。その基調に、己が風土を見つめ、豊穣な自然を描出するという、万葉以来の美意識が深く作用していたことを忘れてはならない。季節感に富んだ風物と心情との一体化が如実に試みられていた。

この企画の出発によって、若い詩歌人たちが、秀歌の魅力を知る絶好の機会となるであろう。また和歌の研究者も、その深処を解明するために実作を始められてほしい。そうした果敢なる挑戦をうながすものとなるにちがいない。多くの秀歌に遭遇しうる至福の企画である。

松岡正剛

●日本精神史の正体

和泉式部がひそんで塚本邦雄がさんざめく。道真がタテに歌って啄木がヨコに詠む。西行法師が往時を彷徨して寺山修司が現在を走る。実に痛快で切実な組み立てだ。こういう詩歌人のコレクションはなかった。待ちどおしい。

和歌・短歌というものは日本人の背骨であって、日本語の源泉である。日本の文学史そのものであって、日本精神史の正体なのである。そのへんのことはこのコレクションのすぐれた解説を読まれるといい。

その一方で、和歌や短歌には今日のメールやツイッターに通じる軽みや速さや愉快がある。たちまち手に取れるし、目に綾をつくってくれる。漢字・旧仮名・ルビを含めて、このショートメッセージの大群からそういう表情をぞんぶんにも楽しまれたい。

コレクション日本歌人選　第Ⅳ期

第Ⅳ期　20冊　2018年（平30）11月配本開始

No.	書名	よみ	著者
61	高橋虫麻呂と山部赤人	たかはしのむしまろ とやまべのあかひと	多田一臣
62	笠女郎	かさのいらつめ	遠藤宏
63	藤原俊成	ふじわらしゅんぜい	渡邉裕美子
64	室町小歌	むろまちこうた	小野恭靖
65	蕪村	ぶそん	揖斐高
66	樋口一葉	ひぐちいちよう	島内裕子
67	森鷗外	もりおうがい	今野寿美
68	会津八一	あいづやいち	村尾誠一
69	佐佐木信綱	ささきのぶつな	佐佐木頼綱
70	葛原妙子	くずはらたえこ	川野里子
71	佐藤佐太郎	さとうさたろう	大辻隆弘
72	前川佐美雄	まえかわさみお	楠見朋彦
73	春日井建	かすがいけん	水原紫苑
74	竹山広	たけやまひろし	島内景二
75	河野裕子	かわのゆうこ	永田淳
76	おみくじの歌	おみくじのうた	平野多恵
77	天皇・親王の歌	てんのう・しんのうのうた	盛田帝子
78	戦争の歌	せんそうのうた	松村正直
79	プロレタリア短歌	ぷろれたりあたんか	松澤俊二
80	酒の歌	さけのうた	松村雄二